Jean-Noël Levavasseur

Terminal mortuaire

Une enquête de Martin Mesnil

Éditions ouest france

Les enquêtes de Martin Mesnil ont été créées par Marion Chemin et Jean-Noël Levavasseur. Une page Facebook leur est consacrée.

Préface

M. M., c'est qui ? Ce n'est ni Marc Madiot ni Marcel Mauss. Encore moins Marylin Monroe... Non, c'est le dernier cousin de Gabriel Lecouvreur, dit « Le Poulpe », cet orchidoclaste octopode qui, depuis vingt-cinq ans, rôde dans les rayonnages de littérature populaire. Et, s'il est né près de Bayeux, on va bientôt s'apercevoir que ce n'est pas pour faire tapisserie – les puristes savent que, pour le chef-d'œuvre lié à la reine Mathilde, il s'agit de broderie –, ni pâtisserie. C'est pour emmerder le monde, rétablir la vérité des choses et remettre un peu d'ordre dans le bordel qui nous entoure. L'un de ses autres cousins, Léo Tanguy, magouillait en Bretagne. Lui, Martin Mesnil, car tel est son nom, a choisi les territoires quasi tropicaux de la Manche et de la Normandie. On va voir ce qu'on va voir et découvrir que des andouilles, il n'y en a pas qu'à Vire – moi, je préfère la Guémené... Le M. M., ce n'est pas de la teurgoule, faut pas attendre des plombes pour que ça prenne. Et Florence Aubenas doit être contente que Ouistreham devienne aussi évidente que Le Mont-Saint-Michel.

Quand je suis retiré en Centre-Bretagne, cette belle région quasi saharienne, qui craquèle sous un soleil plombant, mon plaisir le plus intense est de lire, de A à Z, et tous les jours, Ouest-France. *Certains de mes amis ne comprennent pas vraiment cette passion, qui vire à l'obsession, mais c'est là que j'ai pu lire des faits divers de première bourre – c'est le cas de le dire – et les nombreux articles et critiques signés Jean-Noël Levavasseur qui, peu à peu, est devenu une référence. Or, quelle coïncidence – hein ! je vous demande un peu... –, c'est lui qui a créé – avec Marion Chemin – cette collection de romans « polars » qui en ont dans le livarot. C'est lui qui commence et donne le la. Il a déjà fait le coup avec des nouvelles noires tournant autour de groupes de punk et de rock (Dogs, The Clash, The Cramps, Ramones, La Souris Déglinguée et autres) auxquels j'ai participé, je n'ai pas pu refuser, on n'envoie pas balader un type de* Ouest-France. *Et puis, il faut absolument aider les projets d'écriture et d'édition venant des « régions »... Et de Normandie, notamment. On ne sait jamais, Flaubert peut être dans le tas...*

JNL est grand, beau, doué, jeune et sympathique. C'est énervant. Pas au point de refuser de le préfacer, mais tout juste. Y a des moments où les p'tits jeunes sont pénibles, surtout quand ils ont tendance à vous piquer le boulot et vous emmener faire une balade au cimetière. Mais c'est la vie dans toute sa splendeur signifiante.

À propos de vie, que celle de Martin Mesnil soit longue et passionnante.

Jean-Bernard Pouy

Prologue

Salvénie, 2000

La semaine, la fatigue de l'usine aidant, Azem trouve un peu de quiétude dans le sommeil. L'abrutissement de la machine-outil est un bon tranquillisant. Et le dimanche, il y a football. On est dimanche justement et pour Azem, l'heure est venue de quitter son studio. Avant de fermer la porte à double tour, il vérifie le contenu de son sac : chaussures, chaussettes, short, chemisette. Tout est là, tout est noir. Seule fantaisie, une pochette multicolore accueille son sifflet.

Azem traverse l'environnement déprimant de son immeuble blafard. Il démarre sa Lada usée et roule dans des rues cabossées. De vieilles femmes au visage flétri tiennent boutique sous des parasols déglingués. Elles attendent une clientèle qui ne viendra pas. À cette heure, les familles sont réunies autour du repas dominical. Ces femmes n'ont sans doute pas de famille. Azem non plus, depuis qu'une guerre a mis aux prises les communautés de ce pays jusqu'alors uni. Depuis que des potentats locaux ont décrété que les religions empêchaient une cohabitation jusqu'alors pacifique. Les uns ont déterré la hache de guerre, les autres acheté des armes automatiques et au nom de l'honneur identitaire, les querelles sont devenues batailles et massacres ethniques. On a pleuré des innocents, décidé que personne n'avait commencé puis remis la balle au centre. Nouvelle aube sur les ruines d'un passé fumant.

Azem y a perdu les siens et la joie de vivre. Aujourd'hui, il lui reste le ballon, qu'il ne touche guère d'ailleurs : Azem est arbitre, homme de loi d'un pays naissant, casque bleu consciencieux d'un terrain de sports. Jusqu'à ce dimanche au stade Georgi-Asurov…

Le match a lieu l'après-midi car dans ce pays qui se développe à deux vitesses, seul le club de la capitale peut s'offrir un éclairage nocturne. Il oppose le Lokomotiv Skudia, assuré d'être champion, et le médiocre Spartak Brastlava. Rien de folichon mais fidèle à ses habitudes, Azem arrive en avance pour « sentir » le terrain.

Le stade Georgi-Asurov, du nom d'un lanceur de marteau dopé des temps anciens, semble vétuste dans son faubourg dévasté à l'arme lourde. Les tribunes sont toujours marquées d'impacts de balles des années noires. Les plaies de ce traumatisme collectif n'ont pas été pansées. Pas de budget. L'Europe a laissé tout le monde s'entretuer au nom de sa non-ingérence dans des affaires internes, elle ne va quand même pas mettre la main au porte-monnaie pour aider des miséreux…

Azem s'engouffre dans le tunnel des vestiaires. Dans les antres humides de cette construction délabrée du communisme-roi, il distingue trois silhouettes. Deux clones, colosses au costume sombre, chemise ouverte, chaîne en or, téléphone greffé à l'oreille. La différence est dans la taille, l'un est indiscutablement plus grand que l'autre. Le troisième, plus âgé, porte un long manteau noir. Son visage rasé de près se fend d'un large sourire quand il aperçoit Azem. Il se dirige vers lui. Azem devine que c'est Dragan Borovic, le président du Lokomotiv Skudia, il l'a vu en photo dans le journal. Cheveux très courts, allure droite, belle illustration de la Salvénie triomphante. Chacun sait qu'il est homme d'affaires mais personne ne sait vraiment lesquelles, tout juste chuchote-t-on qu'elles datent de la guerre. Sur sa fortune colossale, ce mécène fait bâtir une église et investit dans le football.

— Vous êtes l'arbitre, n'est-ce pas ? Je tenais à vous saluer avant la rencontre.

Azem lui tend une main molle, il est déjà dans son match.

— 'Jour.

Dragan Borovic emboîte le pas d'Azem.

— Je voulais vous dire que c'est un jour spécial pour Skudia et pour moi.

— Vous ne jouez pas la première place, si ? s'étonne Azem. Vous l'avez déjà et le titre est acquis.

— C'est vrai, sourit chaleureusement le président. C'est plus… personnel. Des superviseurs étrangers viennent observer Novak et nous aimerions tous ici qu'il puisse exprimer son talent.

Les deux gardes du corps opinent du chef.

Novak, le plus efficace attaquant du championnat, accessoirement fils du président, si talentueux qu'un jour, c'est sûr, des clubs riches viendront cueillir ce joyau dont l'aisance, balle au pied, n'a d'égal que son caractère tempétueux. Ce jour est arrivé. Azem répond avec une bienveillance mal assurée :

— Je ne pense pas que Novak ait besoin de ma bienveillance. Il ira loin sans mon aide.

Il laisse là le président et poursuit son chemin sans se retourner.

Une fois en noir, il rejoint la pelouse clairsemée et regarde autour de lui. Le public s'agglutine autour des grillages. Ici, il est chaud, enthousiaste, raciste parfois. Azem s'attend à recevoir son lot d'insultes. *Enculé. Corbeau. Vendu*, c'est selon. *Bougnoule* aussi, mais ça, il a l'habitude. Au premier rang de la tribune présidentielle trône le père de Novak. Entouré de ses gorilles et de créatures qu'Azem n'imaginait pas en rêve, sourire radieux, il serre des mains à tout-va et adresse des petits signes amicaux à ceux qui sont hors de portée de son bras pourtant long.

Une fois qu'Azem a procédé au tirage au sort avec les capitaines, le match est lancé. Novak trépigne à droite du capitaine de Skudia. Dès les premières actions, il donne tout, tente sa chance avec audace. Enthousiaste comme on l'est à 20 ans. À la troisième minute, il s'engouffre dans la surface de réparation mais se loupe dans les grandes largeurs devant le but rouillé. Skudia domine outrageusement mais il est des jours où le filet ne tremble pas et ce dimanche-là, il ne tremble pas. Au fil du temps, la clameur publique augmente. Azem feint d'ignorer les propos tenus en tribune, ne répond pas aux invitations à aller aux sanisettes et se concentre sur le jeu qui se tend. Il garde un œil sur cet espoir qui, de passe ratée en coup de pied dévissé, bout d'impuissance. Alors qu'il entre dans les dix-huit mètres, balle au pied, un défenseur le prive *in extremis* du ballon, récoltant au passage de copieuses injures des supporters adverses. Novak est à terre, taclé, frustré, furieux, comédien aussi. Comme il tarde à se relever, le public le pousse par ses vociférations. Un cri tribal sort soudain des tribunes. Plus fort que les autres. Venu du tréfonds de ses cauchemars, il pétrifie Azem et le renvoie dix ans en arrière.

Il se retourne pour déceler l'origine de ce borborygme. En vain. Dragan est debout. Serait-il l'auteur de ce rugissement synonyme d'effroi pour Azem ? Le voilà projeté en 1992. Le Vieux-Continent vivait au rythme de l'Euro suédois. Azem le suivait à la radio, rêvant, plus tard, d'arbitrer de grands matches. Pour l'heure, il était isolé dans les bois. On disait que les corbeaux faisaient demi-tour à l'approche de son village désolé, et que même la guerre l'évitait. Tout juste entendait-on de lointains échos de batailles. Sa mère y tenait un café, servant de la vodka frelatée à des gens venant chercher là une rasade du bonheur d'avant. Jusqu'au jour où ce cri…

Il retentit encore dans le stade après que Novak a manqué une occasion en or, juste avant la mi-temps. Sur le chemin des vestiaires, Azem scrute la tribune présidentielle. C'est sûr, la voix vient de là. Elle lui glace le sang.

Assis dans son vestiaire en lino, sous l'éclairage blafard d'un néon orphelin, il tente de chasser cette nuit d'horreur qu'il revit depuis une décennie trop longue. Ce soir-là, il faisait gris, le ciel était bas dans la montagne. Une Mercedes ornée d'un drapeau tricolore s'était garée au bord de la route de terre, juste devant le café vide. Quatre hommes crasseux étaient entrés silencieusement. Visages fatigués, mal rasés, bonnet kaki ou passe-montagne, ils portaient des treillis loqueteux cousus d'insignes. Ils avaient exigé à boire. Azem rangeait les bouteilles dans la cave quand sa mère était apparue et lui avait ordonné de rester caché. « Des militaires sont là. Quoi qu'il arrive, tu restes ici. » Lisant dans ses yeux l'inquiétude d'Azem, elle avait posé la main sur son bras. D'un sourire triste et las, elle avait dit : « Ils veulent boire, de l'argent aussi peut-être. Je suis une vieille femme, je ne risque rien, reste ici. » Elle avait éteint la lumière, laissant Azem dans le noir. Terré dans la cave, il entendit bientôt le groupe évoquer une grandeur retrouvée, des combats soi-disant héroïques, des territoires à reprendre et ponctuer chaque tournée d'un cri repris en chœur. Ce cri terrible…

Azem regarde les footballeurs sortir du couloir sombre. Au milieu des siens, Novak a le visage tourmenté par ses ratés de première mi-temps, son avenir va se jouer en quarante-cinq minutes. Quand il sort des vestiaires, le cri retentit de nouveau. Azem est là. Se tournant brusquement, il repère le président et croise son regard. Éclair glacial. Ce même regard, il en est sûr désormais, qui l'avait transpercé dans la cave où l'homme hirsute et sale était descendu chercher un surplus d'alcool. Azem revoit ce sourire méprisant ponctué d'un menaçant « Regardez-moi ça… » Du canon de son AK-47, il avait ordonné à Azem de passer de la cave au rez-de-chaussée. Dos courbé, le jeune à peine sorti de l'adolescence s'était trouvé face à trois hommes mi-hostiles mi-amusés. Ils jouaient aux cartes sur un canapé défoncé. Sa mère gisait, geignante, sur le carrelage poussiéreux. Il avait voulu aller vers elle. Un crochepied l'avait fait atterrir le nez par terre – c'est la faute à la guerre. Au moment où sa tête percutait le sol, un des miliciens avait poussé le cri. Les autres l'avaient repris en riant. Puis, sans mot dire, l'un d'eux avait frappé Azem, et frappé, et frappé, tout en invitant la femme à observer le martyr de son métèque de fils ! Elle les supplia d'arrêter mais reçut un coup de pied en pleine face pour toute réponse.

À mesure que le match se déroule, le cauchemar d'Azem passe en boucle dans son cerveau torturé. Il tente de rester concentré sur le jeu mais son attention faiblit, il n'est plus là, il revit son cauchemar de 1992, loin d'ici. Au point que sur un tir détourné du jeune espoir, il siffle une sortie de but. Novak éructe qu'il y a corner, que le sort s'acharne contre lui, qu'on lui en veut. Imperturbable, Azem reste sur sa décision. Des joueurs l'entourent. Le ton monte. Novak perd les pédales, l'insulte, Azem lui demande de se taire, l'autre lâche un « Sale bougnoule » et ajoute « Je chie sur ta putain de mère, tas de merde ! » Devant la foule en furie, Azem sort un carton rouge. Le jeune s'approche, fou de rage, et lui assène un coup de tête. Azem s'effondre. Tout s'embrouille dans son cerveau secoué : son calvaire d'hier, ses cauchemars, le départ probable des agents recruteurs, le coup de frein à la carrière naissante de Novak. Dans la bouche d'Azem, le goût du sang retrouvé, accompagné cette fois d'un étrange sentiment…

Les guerriers de pacotille avaient cogné Azem jusqu'à lui faire perdre connaissance puis avaient plongé sa tête dans la cuvette des toilettes pour le faire revenir à lui. Dans un état second, il avait été ligoté au bar. Sa mère, dans un geste désespéré, avait tenté de se lever pour secourir son fils. Elle avait récolté une volée de coups de pied, celui qui avait trouvé Azem au fond de la cave, mimait un footballeur en pleine action et multipliait de grandes frappes théâtrales sur la femme gémissante. Un autre les commentait à la façon d'un journaliste sportif. Azem suppliait. Qu'on épargne sa mère ! Les autres riaient. L'un d'eux s'était approché d'Azem, couteau en main et reflets couleur de sang dans les yeux. « Si tu veux la sauver, hurle avec nous ! » L'haleine puant l'alcool, il força Azem à répéter le cri de guerre de cette meute assoiffée de sang. « Plus fort ! » Azem ignorait si cet ordre s'appliquait à lui ou à celui qui prenait sa mère pour un ballon dégonflé. La vieille femme tendit sa main droite vers Azem, ses doigts griffant le parquet pour se rapprocher de son fils chéri. « Pas si vite », rit un soldat. Il planta son couteau sur le dos de la main de la mère d'Azem. La lame traversa la chair et se planta dans le sol, arrachant une faible plainte à la moribonde et des rires gras à la bande acharnée. Une alerte parvint alors de l'extérieur : « Les Casques bleus, on se tire ! » En une seconde, le café et la caisse avaient été vidés et la Mercedes traversait le village vers d'autres glorieux exploits guerriers.

Azem devait la vie aux soldats de la force internationale. Une fois détaché, il avait rampé vers sa mère qui mourut dans ses bras, non sans lui avoir fait promettre de quitter ce funeste lieu pour la ville où il passerait inaperçu. Après un court séjour dans un dispensaire, Azem était revenu au village. Une expédition punitive l'avait réduit en miettes. Les maisons incendiées fumaient encore. Chez lui, Azem avait retrouvé quelques photos et son sifflet d'arbitre qu'il avait enveloppé dans un tissu multicolore taché de sang. Il était parti sans se retourner, errant un long mois avant de trouver refuge dans une cité ouvrière épargnée par les obus. Il s'y était fondu dans la masse, anonyme parmi les anonymes de l'usine. Sa seule distraction restait le football. Le dimanche, les matches, les vestiaires…

Après le coup de sifflet final, Azem sort sans croiser personne. Le stade s'est vidé dans la bonne humeur. Sans Novak et avec un autre arbitre, le Lokomotiv Skudia a finalement gagné en fin de match. Pour la plupart des supporters, c'est tout ce qui importe. Le carton rouge de Novak n'est qu'un détail – ce n'est ni le premier ni le dernier – et après tout, si le prodige reste encore un peu dans son pays, personne ne s'en plaindra. Azem traverse les souterrains de l'arène devenue silencieuse et retrouve le parking et sa Lada. Il est à peine surpris de voir deux hommes assis sur le capot. Les colosses du président. Ils relèvent la tête en l'apercevant. Le plus grand esquisse un sourire. Azem le regarde droit dans les yeux. Il inspire profondément en se redressant. La démarche fière, il avance. Dans six mètres et des poussières, il sera à eux…

I
Martin

Normandie, 2016

D'ordinaire, le facteur à barbiche passe vers 11 heures. Mais certains jours, il prend le temps de discuter avec les gens qu'il croise durant sa tournée et à Grandcamp-Maisy, il y a des jours tous les jours.

Quand Michaël sonne deux fois à la porte, midi a carillonné depuis un bail, les pâtes chauffent dans la casserole et Martin Mesnil finit de ranger les dernières cassettes audio qu'il a achetées sur une grande étagère. Elles rejoignent sa collection hétéroclite du patrimoine musical des années 80, posée entre deux fenêtres qui offrent une vue imprenable sur la mer. Manque de chance, aujourd'hui, elle fait un concours avec le ciel. C'est à celui qui sera le plus gris. En Normandie, l'azur est en option au mois d'octobre.

— Bonjour Martin, comment ça va ? Tiens, j'ai deux courriers pour toi.

La tenue est jaune et bleue, le ton enjoué et le sourire livré sans supplément de prix. Le service public comme on l'aime.

— Oui, ça va, merci Michaël. Tu prends un café ?

— Ah non, merci. C'est gentil mais je suis à la bourre ce midi…

Martin n'insiste pas. Il connaît le gaillard. S'il dit qu'il n'a pas le temps, c'est qu'il ne l'a vraiment pas. Martin prend les deux lettres et pousse la porte du pied pendant que ses mains sont occupées à déchirer les enveloppes.

Sur l'une figure le logo de sa banque, le Crédit Patate. Elle attendra quelques secondes, les bonnes nouvelles d'abord. Sur l'autre, Martin reconnaît immédiatement l'écriture tout en rondeur d'Émilie. Sa vieille copine lui envoie une carte postale de Djerba où elle séjourne une semaine avec Sabine, son amoureuse. « Soleil, massages, promenades, farniente, des bises à notre grand Martin, à Guillaume et Brune aussi. »

« Pour la poésie, on repassera », sourit Martin, content, malgré tout, de voir que dans les bons moments, les amies ne l'oublient pas, pas plus qu'elles n'oublient ses enfants.

Après les lettres, les chiffres. Le deuxième courrier est le relevé de son compte courant. Martin file directement à la dernière ligne. Négatif. Il n'est pas surpris. Il n'a pas été débordé de boulot ces dernières semaines et le résultat est là, révélé au grand jour et pire que prévu. Solde débiteur : 813 euros. Aïe.

Les nouilles passent mal et le pesto périmé n'y est pour rien. Quant au café, Martin lui trouve un goût affreusement amer, et pas seulement parce qu'il a oublié de le sucrer. Il regarde les aiguilles de l'horloge accrochée au mur. Dans ces moments-là, son sauveur s'appelle Astuce Intérim. Mais, inutile d'appeler l'agence caennaise avant 14 heures, c'est la pause-déjeuner.

À deux heures pétantes, Martin téléphone. Coup de chance, c'est Anne-Cécile qui décroche. Martin préfère : il considère ses consœurs comme des écervelées condescendantes et elles ne lui ont jamais proposé le moindre job. Martin lui explique sa situation. Anne-Cécile écoute patiemment. Elle a toujours eu Martin à la bonne. Ils ne sont pas vraiment amis mais elle a toujours été compréhensive. Elle sait que quand il ne garde pas sa marmaille, elle peut compter sur lui pour toutes sortes de boulots, petits ou grands. Il sait aussi qu'elle ne lui en veut pas s'il refuse un contrat pour pouvoir jouer au papa poule, c'est son occupation préférée. Cette fois, Anne-Cécile s'excuse. Elle n'a rien de rien.

— Le gouvernement et les médias nous parlent de reprise toutes les semaines, explique-t-elle, branchée en mode haut débit. Mais la reprise, si vous la croisez, je veux bien que vous l'invitiez à passer chez nous. Ici, il n'y a pas de boulot, aucune piste, *nothing*.

— Même pas un petit truc ? insiste gentiment Martin. Je ne sais pas, moi… Agent d'accueil ? Livreur de journaux ? Chauffeur routier ?

— Non, désolé, Martin, j'apprécie votre polyvalence mais quand je vous dis qu'il n'y a rien, c'est qu'il n'y a vraiment rien…

Quelques secondes de silence – c'est rare chez Anne-Cécile – et elle reprend :

— Laissez-moi réfléchir… Ce soir, j'ai zumba avec Estelle, une copine de promo. Elle bosse chez nos nouveaux concurrents de Synergy 21. Vous connaissez peut-être, ils ont leurs bureaux dans la même rue que nous, près de la gare, mais ça va, on a de bonnes relations. Je lui demanderai si elle a quelque chose pour vous.

Martin remercie et raccroche. Il ne voit pas qui appeler d'autre. Pôle Emploi ? Il rit jaune. La dernière fois qu'il a croisé quelqu'un que Pôle emploi a guidé vers un contrat, ça s'appelait encore l'ANPE et on était au xxe siècle. À croire qu'à 40 ans, on est déjà mort professionnellement. Martin croise les doigts pour que la providence vienne de Synergy 21. Il sort faire une grande promenade sur la plage, il longe les villas fermées dix mois de l'année. D'ordinaire, quand ça ne va pas fort, il préfère perdre sa solitude dans les rayons fréquentés des supermarchés. Mais à 813 euros sous la ligne de flottaison, on revoit ses ambitions à la baisse et la plage, même en octobre un jour de ciel gris, c'est pas mal non plus. Il file vers le large, là où, un jour de ciel bas comme celui-là, on a le sentiment de pouvoir accrocher les nuages.

II
Viktor

Caramba, encore raté ! S'il lui restait un peu d'humour, Viktor s'amuserait de sa déveine et emprunterait cette plaisanterie aux aventures de Tintin qu'il lisait dans sa jeunesse pas si lointaine. Mais, ce nouvel échec n'a rien de drôle.

Pour la cinquième fois, Viktor a tenté d'embarquer illégalement sur un de ces ferries qui relient Ouistreham à Portsmouth, en Angleterre. Pour la cinquième fois, il est resté à quai.

Cette nuit, il avait pourtant modifié ses plans. Il n'a pas tenté de grimper à bord d'un camion bâché depuis le parking de la gare maritime de Ouistreham, comme le font la plupart des aspirants à l'immigration clandestine qui agissent en solo. Il a « emprunté » un vélo qu'un étourdi avait posé contre un réverbère, pédalé pour s'éloigner de la cité balnéaire, roulé, roulé, roulé, puis marché jusqu'à une station-service doublée d'une aire de repos, le long de l'autoroute Paris-Cherbourg.

D'ordinaire, personne n'y va de son propre chef : cette zone est contrôlée par les passeurs tchétchènes. Tu veux ta place à l'ombre d'une palette pour mieux te la faire au soleil ? Tu craches 3 000 dollars. Cette somme, Viktor ne l'a plus depuis longtemps. Il a donné tout ce qu'il possédait à un bandit qui lui avait promis de l'aider à traverser le Vieux-Continent. Une fois la frontière franco-italienne franchie, celui-ci l'avait abandonné comme une chaussette trouée, laissant Viktor seul avec son sac.

Perdu dans un pays dont il connaissait juste le nom de quelques clubs de football, Viktor a pris le train pour avancer vers son but : un port de la façade nord. Ç'aurait pu être Calais, Boulogne ou Cherbourg, ça a été Ouistreham. Plus petit, plus paumé, et donc, peut-être plus facile.

La route est longue quand tu voyages sans billet. Si le contrôleur te tombe dessus, tu es souvent refoulé. Il te fait descendre, parfois sans ménagement. « *No ticket no train.* » C'est comme ça. Tu descends. Tu attends le prochain. Tu t'en fiches. De train en train, de gare en gare, tu avances. Tu as le temps. C'est ta seule richesse.

Une fois à Caen, Viktor a marché jusqu'à la côte. Là, il a découvert la Manche. Il a été ébloui par cette grande mer aux couleurs changeantes. Ce jour-là, elle était bleu-gris, avec d'innombrables taches vertes. Splendide. On aurait dit une toile impressionniste. Viktor n'avait jamais vu ça en vrai. Il faut dire que de là où il vient, la mer est seulement un mot qu'on croise dans le dico.

Cette mer, c'est son dernier défi avant sa prochaine vie. En attendant de la franchir et de le relever, il a partagé le quotidien misérable des autres migrants. Les invisibles. Les méprisés. Les indésirables. Il a appris comment passer, comment se cacher. Il a aussi découvert que la chance compte plus que tout. Il n'en a pas eu les quatre premières fois. Il a même failli se faire attraper par les vigiles du port lors de sa dernière tentative. Alors il a pris le temps de réfléchir et, sans en parler à personne, il a revu toute sa stratégie. Il a décidé de s'enfoncer dans les terres pour rejoindre un parking où s'arrêtent souvent les routiers avant de rejoindre la zone de fret.

Tout le monde le sait dans le milieu : cet endroit est la propriété des Tchétchènes. C'est eux qui te font monter, c'est la règle. Viktor a décidé de tenter sa chance en solitaire. Il connaît les risques. Si les Tchétchènes t'attrapent et que tu n'as pas leur aval, tu es bon pour un passage à tabac en règle. Ou pire. On ne rigole pas avec les Tchétchènes. On ne rigole avec personne dans les zones de non-droit. Mais, Viktor s'en fout. Il veut passer coûte que coûte. Il n'en peut plus de cette vie entre parenthèses.

Sur le parking autoroutier noyé dans la nuit, la première des priorités est de repérer un camion sur lequel figurent les initiales TIR. Ça veut dire, presque à coup sûr, que le poids lourd est en route vers l'Angleterre. C'est ce qu'on lui a dit. Évidemment, il est possible qu'il ne prenne pas la mer à Ouistreham. Qu'il aille à Cherbourg. Mais ce n'est qu'un détail. Sauf si c'est un camion frigorifique…

Une fois la cible choisie, il faut s'en approcher pendant que le chauffeur est occupé à faire le plein de carburant, à vérifier le moteur, à téléphoner chez lui ou tout simplement à dormir. Il faut se cacher sous l'engin ou découper la bâche à l'aide d'une lame de rasoir, pénétrer dans la remorque et se faire tout petit entre deux cargaisons. Une fois que le camion repart, on croise les doigts pour que personne ne vous voie. Ni le routier, ni les douaniers, ni le personnel de la compagnie qui assure l'embarquement des camions à bord des ferries en partance vers le Royaume-Uni.

La dernière épreuve, c'est eux. Les pires peut-être, une fois l'obstacle tchétchène franchi. Viktor en a entendu parler. Ils ont la gestion du port et viennent de Salvénie, comme lui. Si on en croit la rumeur, ils n'avaient pas les mains très propres à la fin de la guerre civile qui a provoqué l'explosion du pays.

Viktor veut s'en moquer. La guerre, c'est tellement loin... Il l'a subie, comme tout le monde là-bas, il était tout petit à l'époque mais elle lui a fourni assez d'images pour alimenter ses nuits sans sommeil, ses cauchemars aussi. Une fois qu'elle a été terminée, il n'a pourtant plus jamais voulu s'y intéresser. Il a même tout fait pour l'oublier. Ça n'a pas suffi. Il a grandi dans un pays en reconstruction. Il a espéré le meilleur, pour sa nation et pour lui. Mais comme le meilleur n'est jamais venu, il a décidé de partir pour l'Angleterre, sans remords ni regret. On dit qu'il y a du travail là-bas et que si tu es dur à la tâche, tu peux gagner ta vie assez rapidement. On dit aussi qu'il y a un semblant d'accueil avec la promesse de ne pas te renvoyer au pays.

En fait, on dit beaucoup de choses mais Viktor ne les vérifiera pas cette nuit, ni demain. Il est resté à quai.

Il croyait pourtant avoir tout bon. Il s'est approché de l'aire d'autoroute en pédalant sur une route départementale. Puis, il a posé son vélo volé dans un fossé. Il s'est reposé un long moment dans un abri de bus, en attendant que la nuit tombe. Il a alors traversé un champ de patates à pied. Son point de repère était la lumière orange qui baigne ces parkings hors du temps. Il est passé par un sous-bois et a fini en rampant pour être au plus près du parking poids lourds. Caché sous un arbre, il a observé. Il pensait qu'il lui restait juste un fossé et une rambarde de sécurité à franchir. Il n'avait pas prévu qu'un grillage isolerait l'aire autoroutière du reste du monde. Viktor a fouillé dans ses poches. Il avait un couteau à lame crantée mais cela suffirait-il ? Il s'est approché et là, miracle : à moins de dix mètres de lui, un trou béant. Ne faisant qu'un avec le sol, il a avancé. Aux extrémités des tiges de métal sectionnées pendaient des petits bouts de tissu, une mèche de cheveux aussi.

Viktor est resté un long moment tapi dans le fossé. Il a pris le temps de vérifier que tout allait bien : pas de policiers, pas de chiens, pas de Tchétchènes. Seul le bruit des voitures qui fonçaient dans la nuit noire l'empêchait d'entendre son cœur battre d'impatience. Il a regardé les camions qui semblaient aussi endormis que leurs chauffeurs. Il en a repéré un, a attendu de longues minutes supplémentaires pour être sûr que rien ne bougeait. Mais non, cette nuit était calme, c'était écrit. Alors, il a foncé, courbé en deux, droit vers son but et s'est jeté sous les essieux d'un 38 tonnes qui exhibait la plaque TIR sur son postérieur. Avec un peu de chance, aucune caméra infrarouge ne repérerait sa présence.

Viktor est resté recroquevillé contre une roue, se faisant le plus discret possible. Il a repris son souffle et regardé autour et au-dessus de lui. Soudain, il a entendu un bruit. On venait vers lui ! Viktor n'a pas hésité. Il s'est glissé sous l'essieu, serrant son sac contre lui dans un espace très réduit. Viktor a attendu avec anxiété. Il n'osait plus bouger d'un pouce. Les pas se sont approchés. Viktor a vu deux tennis défraîchies longer le camion. Était-il repéré ? Il a bloqué son souffle. Les chaussures se sont éloignées. Quelques secondes plus tard, Viktor a entendu un bruit d'étoffe et, bientôt, un jet dru tombant sur le bitume, accompagné d'un sifflement guilleret. Juste un chauffeur répondant à un besoin naturel. Ouf !

Même si l'homme s'était éloigné aussi rapidement que ses chaussures étaient apparues, Viktor restait immobile. Coincé sous l'essieu, il était hanté par le souvenir d'une discussion avec un Ukrainien. Un ancien routier qui avait fui son pays en crise pour devenir migrant comme lui. Un soir, près d'une palette en flammes qui leur apportait un peu de chaleur, il lui avait ordonné de ne jamais se cacher sous un essieu. « Si la remorque est trop chargée et que les suspensions sont souples, tu peux être écrabouillé comme une tranche de jambon dans un croque-monsieur. » L'homme avait placé ses deux mains à l'horizontale et avait claqué ses paumes l'une contre l'autre en émettant une onomatopée explicite. Viktor avait frémi en le voyant faire. L'Ukrainien l'avait regardé droit dans les yeux et avait placé une de ses mains sur la cage thoracique de Viktor. « Un jeune Afghan est mort comme ça, la poitrine broyée. C'était en 2010. Je n'ai plus jamais conduit depuis. » Puis, il s'était éloigné, le regard humide. Viktor s'était demandé si… Mais il n'avait pas posé de question.

Ce soir-là, il a repensé à tout ça. Il a senti son corps. Il s'est senti raide. Il a senti la menace. Il a eu peur. Il ne voulait pas finir en tranche de jambon. C'était trop dangereux.

Il ne se sentait plus de le faire. Il a décidé de changer de cachette. Il s'est plaqué sur le bitume, toujours caché sous le mastodonte. Il a regardé à droite. Il a regardé à gauche. Il a vu une fourgonnette blanche arriver doucement sur le parking. Flics ou Tchétchènes ? Au choix, Viktor préférait les policiers, il savait qu'ils le traiteraient correctement. L'engin roulait au pas. Viktor s'est fait tout petit contre la roue d'un autre 38 tonnes. De la musique dance sortait en sourdine de l'autoradio. Sa peur est montée d'un cran. Il n'avait jamais entendu un véhicule de service de la police branché techno. Il n'avait plus jamais ressenti cela depuis… Depuis quand déjà ? Depuis la guerre bien sûr. Il a laissé passer la camionnette. Il a repensé à ce jeune Afghan écrasé sous l'essieu, il a imaginé le sang qui coulait sur le goudron, il a vu la mort au tournant. Sans réfléchir, il a pris son sac dans ses bras et foncé vers le grillage découpé et le sous-bois.

Dépité, Viktor revient vers son port d'attache. Il a fait quelques kilomètres à vélo et puis, un pneu a crevé. Quand ça veut pas… Viktor a laissé la bicyclette sur le bas-côté. Il continue à pied vers sa cachette humide et boueuse au bord de nulle part, aux portes du port qui mène vers l'Angleterre promise.

Viktor sort de Colombelles. Quelques gouttes d'eau commencent à tomber et le bled est complètement désert. Mort de chez mort. Viktor n'est pas surpris. À l'aller, il n'y avait pas foule non plus. C'est de saison après tout, et ça ne le dérange pas, il est convaincu que la discrétion est l'une de ses meilleures alliées.

Il poursuit son chemin en marchant le long de la RD 402, c'est marqué sur les panneaux. Il s'arrête sous un réverbère qui diffuse une lumière crapoteuse. Un panneau indique qu'il est à douze kilomètres de Ouistreham et sur le mur voisin, une publicité 4 × 3 vante le confort d'une résidence de standing réservée aux retraités aisés de Beauville-en-Auge.

Viktor sourit. On est loin du confort spartiate de la planque des clandestins.

Viktor regarde la route à prendre. Une longue ligne droite qui se perd dans l'infinie noirceur de la nuit. Douze bornes, ce n'est pas la mer à boire. Mais après ce nouvel échec et avec cette pluie qui commence à pénétrer ses habits usés, ça fait beaucoup. Viktor n'avait pas besoin de ça pour sentir la lassitude l'envahir.

Il scrute l'horizon sombre à droite et à gauche, pas d'abri, et pas question de dormir dans un fossé. Viktor relève son col de veste et repart. Il en a pour deux bonnes heures de marche. Mais, entre son sac rempli de ses affaires et de son désarroi et ce fichu crachin, il trouve que ça fait beaucoup.

Après quelques hectomètres, il perçoit un bruit de moteur, loin derrière lui. Le bruit se rapproche tandis que l'eau de pluie s'infiltre sous ses vêtements et glisse sa froideur le long de sa colonne vertébrale. Des phares blancs. Une voiture. Viktor lève le pouce vers le ciel tourmenté et le baisse aussitôt. Un clandestin ne fait pas de stop. De l'autre main, il passe ses doigts dans ses cheveux, histoire de ne pas trop ressembler à un épouvantail à moineaux.

Mouillé comme il est, avec des chaussures percées et tellement imbibées d'eau qu'elles font un bruit de ventouse à chaque pas, il doute qu'on s'arrête mais, à sa grande surprise, la berline freine et stoppe quelques mètres avant d'arriver à son niveau. Viktor se retourne, il est aveuglé par les phares. Les feux s'allument et s'éteignent, comme un appel. Après un court moment où l'hésitation le dispute à l'incrédulité, Viktor court vers la voiture. Une Mercedes noire. Rien que ça. La vitre du passager se baisse automatiquement, laissant voir deux personnes à l'avant. Viktor sort le nez de son manteau et utilise les quelques mots de français qu'il maîtrise bien.

— Bonsoir messieurs, je vais à Ouistreham.

Tandis que le chauffeur garde les yeux rivés sur la route, le passager lui sourit, l'œil plissé. Il prend le temps d'avaler une bouffée de la cigarette qu'il tient entre ses doigts jaunis. Une marque française que Viktor connaît. Gitana ou un nom comme ça, il ne sait plus trop. Sur la boîte, une femme danse avec des castagnettes. Il a rêvé de cette créature envoûtante à la taille si fine, quand il a eu l'occasion de fumer ces clopes à la fois fortes et réconfortantes. Il en demanderait bien une mais il n'ose pas. Le passager rejette la fumée vers lui en soufflant bruyamment. Quelques secondes de silence. Le temps de le dévisager, des baskets usées jusqu'aux cheveux trempés qui collent à sa nuque. Un sourire qui ressemble à une grimace. Et puis :

— Vous en voulez une ?

Viktor est surpris et d'un geste prompt, se sert dans le paquet que lui tend l'inconnu.

— Ouistreham, ça tombe bien, dit le passager en allumant son briquet doré et en le dirigeant vers lui. C'est sur notre route. Montez.

III
Martin

De retour quai Crampon, Martin retrouve un village désert, une circulation sporadique, un silence quasi complet. Ambiance Simenon plutôt que Zola qui, jadis, aimait se promener à cet endroit. Côté météo, c'est une autre histoire. Les nuages s'amoncellent et on voit, au loin, un grain s'approcher. Il est temps de trouver un abri face à ce ciel menaçant. Martin préfère se rincer l'intérieur. Prudent, il pousse la porte du bistrot le plus proche, *À l'abri de la tempête*. Le Gros Richard, patron des lieux et accessoirement propriétaire du logement de Martin, est fidèle au poste, solidement amarré au comptoir.

Quelques années d'expérience derrière le bar ont fait du Gros Richard un observateur avisé de la nature humaine. En un coup d'œil, il sait si ça va ou pas. En voyant entrer Martin, il comprend qu'il ne faudra pas trop lui parler de philosophie orientale, de remaniement ministériel ou des hussards de la littérature, l'une de ses grandes passions. Il se contente de lui servir un café à sa table préférée, celle qui est nichée au fond de la salle, côté mer, avec vue sur les pêcheurs, le large, l'infini et au-delà.

Martin laisse passer le temps. Il attend avec impatience le coup de fil d'Anne-Cécile. Un œil sur le journal et un autre sur son téléphone portable. Comme toujours en pareil cas, il se demande s'il ne devra pas se résoudre, un jour, à demander une aide financière à ses parents ou à prendre un CDI. Mais il arrive toujours aux mêmes conclusions. Pour ses parents, c'est non. Question de principe. Il estime qu'il a passé l'âge, même s'il est convaincu qu'ils l'aideraient sans le juger.

Pour le CDI, c'est non aussi. Ça signifierait qu'il est moins disponible pour s'occuper des enfants quand Carole, son ex-femme, parcourt l'Europe comme vétérinaire dans des concours hippiques. Ça impliquerait aussi qu'ils soient gardés plus souvent par Louis-Vivien, le nouvel amoureux de son ex – enfin pas si nouveau que ça quand même. Et ça, Martin n'aimerait pas du tout. Si Louis-Vivien est indéniablement gentil avec ses enfants, il reste, aux yeux de Martin, une vraie tête à claques. Conclusion : vive la précarité !

Martin reste de longues minutes assis, à contempler le fond de sa tasse de café, ignorant la pluie qui attaque la vitrine du bistrot, quand son mobile vibre enfin. Il décroche immédiatement et entend une Anne-Cécile enjouée.

— Martin, excusez-moi, je suis essoufflée, je sors du cours de zumba, on a dansé comme des tarées, j'vous jure, c'était gé-nial, faudra que vous veniez essayer un jour ! Mais, bon, je ne vous appelle pas pour ça, vous vous doutez bien, je suis avec Estelle, ma p'tite collègue de Synergy dont je vous ai parlé. Je lui ai assuré que vous parlez anglais couramment. Vous confirmez ?

Martin n'a pas le temps de répondre qu'elle enchaîne déjà :

— Eh bien, figurez-vous qu'elle a sans doute une piste. Vous connaissez Ouistreham ?

— Euh… Oui... Enfin, il m'est arrivé d'y passer…

Anne-Cécile se marre devant son embarras. Elle dit bien fort :

— Alors, vous n'aurez qu'à lui dire que vous connaissez Ouistreham comme votre poche ! Bon, ne quittez pas, je vous la passe, elle est à côté de moi…

Estelle prend le relais. Sur un rythme moins survolté que celui de la zumba ou du débit d'Anne-Cécile, elle confirme à Martin que les contrats ne courent pas les rues en ce moment et qu'elle n'a pas grand-chose à proposer. Mais, si ça l'intéresse, un CDD d'une semaine lui tend les bras sur le quai de Ouistreham.

— Excusez-moi mais si ça se passe à bord des ferries, ça va être un peu compliqué car je vais être franc avec vous : je ne suis pas sûr de bien tenir la marée, préfère prévenir Martin, inquiet à l'idée d'embarquer. Je n'ai jamais eu le pied marin.

— Pas de problème, rassure la jeune femme. Il s'agit d'un contrat à terre mais il est indispensable d'avoir un bon niveau en anglais. C'est bien votre cas ?

— *Absolutely*.

— *Well*, enchaîne Estelle. C'est bien ce qu'Anne-Cécile m'a dit. Vous seriez donc recruté pour travailler la nuit, sur le quai d'embarquement vers l'Angleterre. Le boulot consiste à faire monter les poids lourds sur les bateaux en partance et à guider ceux qui en descendent. C'est une mission d'une semaine, week-end compris. Je suppose que vous aurez une journée de congés mais j'ignore laquelle. Vous verrez ça sur place. En revanche, je peux vous annoncer que vous recevrez quelques primes car vous travaillerez uniquement la nuit. Rien de dingue mais ça peut nourrir son homme…

Le mot « prime » fait tilt dans l'esprit de Martin. Il répond sans hésiter :

— O.K., je prends.

— Mais attendez, je ne vous ai pas parlé de l'employeur...

— Ce n'est pas grave, je prends, rétorque Martin dont le moral remonte soudainement au beau fixe.

— Très bien, mais je vous le dis quand même. C'est la SPB, une petite société sous-traitante de Caen la mer qui gère le fret du port de Ouistreham.

— La Société protectrice des bahuts ?

Martin entend Anne-Cécile glousser derrière, mais c'est Estelle qui répond :

— Vous avez tout bon pour le S, presque tout bon pour P qui veut dire protection. Quant au B, c'est tout simplement l'initiale du prénom de M. Borovic, notre client et, accessoirement, votre futur employeur.

— Borovic ? Ce nom me dit vaguement quelque chose…

— C'est très probable si vous vous intéressez au football. Avant d'être chef d'entreprise, Novak Borovic était professionnel. Il a même joué au Havre.

Martin réfléchit. Il ne voit pas. Déjà qu'il a du mal à se souvenir des noms des joueurs du Stade Malherbe Caen quand il va les soutenir à d'Ornano. Alors, Le Havre…

Estelle reprend :

— Les élus de Caen la mer – c'est l'intercom – lui ont confié la gestion du trafic des quais depuis quelques mois. C'est la première fois qu'il fait appel à nous. Je vous avoue que nous ne le connaissons pas trop.

— Je demande juste qu'il me paie. Rien de plus.

— Pas de souci, Martin, c'est de la sous-traitance, c'est nous qui payons. Il n'y aura donc aucun problème, je m'en porte garante.

— Alors, vous pouvez compter sur moi. Je commence quand ?

— Lundi prochain. Vous avez un peu de temps devant vous mais je préférerais que vous passiez me voir à l'agence dès que possible. Je vous inscrirai dans notre fichier d'intérimaires…

— Mais Astuce intérim reste évidemment votre agence favorite, la coupe Anne-Cécile en riant.

— … et nous réglerons les formalités administratives, poursuit Estelle, imperturbable.

— Pas de problème.

— Demain, vous avez le temps ?

— Du temps, je n'en manque pas, soupire Martin. Allons-y pour demain.

— Très bien. Passez quand vous voulez, je suis à l'accueil de l'agence toute la journée. Je vous dis à demain et vous repasse ma concurrente… et néanmoins amie.

Anne-Cécile est aux anges. Martin respire et la remercie vivement. Ce n'est pas encore cette fois qu'il fera fortune mais cette semaine de boulot va lui permettre de renflouer les caisses.

Martin raccroche et commande un petit blanc au Gros Richard. Le patron le regarde, goguenard, et lance, avec sa gouaille digne de Michel Audiard :

— Ben, Martin, tu as gagné au Loto ou tu es amoureux ? Parce que ça gazouillait sacrément dans ton bigophone.

— Non, j'ai juste décroché un contrat d'une semaine. Avec ça, je peux remettre mes finances à flot et, accessoirement, te payer le loyer.

— T'inquiète, Martin, le loyer peut attendre.

Martin sait. Il a toujours soupçonné le Gros Richard de voter Nicolas Dupont-Aignan, Monsieur Debout la République des 1 %, ou Frédéric Nihous, comme pas mal de ses amis en polaire kaki qui viennent au bistrot avec leurs camionnettes blanches diesel couvertes d'autocollants de chasse. Mais derrière ses discours d'ultra-libéral et ses provocations rigolardes souvent gratuites, Richard a le cœur sur la main et un très bon fond.

— Et c'est quoi, ton nouveau boulot ?

— Je ne sais pas précisément, répond évasivement Martin. Je vais travailler sur le quai de Ouistreham.

Richard s'esclaffe.

— Tu vas faire des ménages ? Tu veux que je te prête une mob et une blouse pour que tu puisses jouer un remake des aventures de Florence Aubenas au pays du lumpenprolétariat ?

— Mais non, Richard, tu n'y es pas du tout. Je vais aider à faire monter et descendre les camions des ferries.

— Petit veinard, une semaine au milieu des gros culs, mon rêve, répond Richard en dessinant deux globes avec ses grosses paluches.

— Des gros quoi ?

— Des gros culs ! Ben ouais, glapit Richard, des camions quoi, des poids lourds, tu manques désespérément de vocabulaire, mon pauvre Martin... Je ne parlais pas du postérieur des petites Anglaises qui vont te passer sous le nez. Quoique, à cette saison, ce n'est pas gagné… Celles-là méritent parfois qu'on y jette un œil avisé…

— Pas sûr que j'en voie des masses, tu sais. On est en octobre et la fille de l'agence d'intérim n'a parlé que de camions.

Le Gros Richard essuie un verre, l'air pensif, et poursuit :

— C'est bien joli tout ça mais à défaut de petites Anglaises, tu vas voir une flopée de gros camions avec des clandestins sales et nauséabonds cachés dessous ! C'est ça que tu vas côtoyer tous les jours, mon pauvre Martin…

— Je ne crois pas non plus…

— Oh, papa poule, informe-toi un peu ! Ouistreham, c'est pas juste la plage et le casino ! Attends une minute, je vais te montrer un truc…

Le Gros Richard essuie ses mains humides sur son tablier et plonge dans une pile de journaux entassés au coin de son bar. Après en avoir fait voler une demi-douzaine dans la pièce, il sort un exemplaire de *La Renaissance Le Bessin*. Le « premier journal de la France libérée » a été jauni par le soleil mais il donne encore des infos.

— Il date un peu, mais tout y est.

Martin regarde le gros titre. Il n'en croit pas ses yeux.

— Tu vois, jubile le Gros Richard, tu devrais écouter les infos plutôt que tes cassettes du XXe siècle. Moi, je te le dis, le quai de Ouistreham, ce n'est pas le paradis.

IV
Viktor

Le cuir, c'est quand même confortable, apprécie Viktor. Il a pris place à l'arrière de la Mercedes. Le conducteur lui en a ouvert le coffre sans avoir à sortir, en actionnant un bouton sans doute situé sur son tableau de bord. Viktor n'en est pas revenu. Sa vieille Lada construite avant la chute du Mur n'avait pas d'options de ce genre. Pour ouvrir le coffre, il fallait même parfois frapper un grand coup à gauche du verrou! Mais ça, c'est le passé. Viktor n'a plus sa Lada et aspire à une nouvelle vie, où l'on roule à gauche et où l'on mange des toasts, des saucisses et du bacon au breakfast. Il ne veut pas déranger et, surtout, pas prendre la place de quelqu'un. Il rêve juste de se faire une petite place dans un pays sans guerre, dans un endroit où les démons du passé ne le prendront pas à la gorge à chaque instant. Il estime qu'il a assez payé. Il a le droit à la paix. Ce soir, il a de nouveau échoué dans sa tentative de passer en Angleterre ? Ce n'est pas grave, il recommencera. Encore et encore. Un jour, forcément, il réussira. Viktor y croit dur comme fer. S'il est venu en France, c'est parce que des cousins et des amis de son village ont réussi de l'autre côté de la Manche. Quand ils écrivent ou téléphonent, ils disent qu'ils ont une bonne situation, qu'ils ont des livres sterling plein les poches et Viktor les croit. Il a même vu des photos de Yocek, un camarade d'école, posant fièrement devant sa Bentley! Bien sûr, Viktor s'est demandé si c'était bien la sienne mais on ne ment pas à un cousin ou à un ami, pas vrai? Viktor espère qu'un jour, lui aussi aura une belle femme, un bon job et une voiture, comme cette

Mercedes noire. Ce n'est pas la classe anglaise mais c'est la classe quand même ! Viktor ferme doucement les yeux. La paume ouverte, il passe sa main sur la banquette arrière. Le cuir est si doux. Il savoure cet instant. Il sait que dans quelques kilomètres, il bouclera à pied son retour pluvieux et sans gloire vers le village des clandestins de Ouistreham. Il retrouvera le froid, les tentes de fortune, la nourriture qui est la même tous les jours : des oignons frits à la tomate qu'on mange avec du pain, et du riz les jours de fête. En attendant, il profite de la chaleur de l'habitacle et retrouve le sourire. Dans son français approximatif, Viktor a remercié les deux hommes de l'avoir invité à bord. Le passager a répondu par un sourire que Viktor n'a pas déchiffré. Le conducteur n'a rien dit. Très vite, le silence s'est réinstallé. Viktor s'en fiche. Il somnole, il fait le vide autour de lui et profite au maximum de la chaleur. 24 °C indiquent de petits chiffres lumineux sur le tableau de bord. Viktor se laisse bercer par le léger ronronnement du moteur. Dans un état semi-comateux, il croit entendre quelques mots. Un petit rire nerveux et la voiture décélère. Une paire de bras secoue Viktor pour le sortir de sa torpeur. Elle n'a pas la douceur de Morphée. Il ouvre les yeux et voit le passager qui lui ordonne, d'un ton sec :

— Descends !

Sa portière s'est ouverte toute seule, sans doute sous l'impulsion du chauffeur. Viktor sent déjà le froid de la nuit traverser ses vêtements. Il tourne la tête vers l'extérieur, regarde autour de lui. La pluie toujours, et au loin, une faible lumière indiquant une habitation, une ferme sans doute. Le reste est d'une noirceur totale. Encore un peu ensommeillé, il s'apprête à s'extirper de la voiture quand un sentiment bizarre s'empare de lui. Il n'est pas sur la bonne route.

V
Martin

Martin tient *La Renaissance Le Bessin* à bras tendus. À la une, un gros titre en lettres noires dénonce : « Ouistreham : 21 clandestins gelaient dans le camion frigorifique. »

À la page 3, entre un article sur la suppression de 94 postes dans une usine de feuilles d'aluminium et un autre sur la surpopulation carcérale, un certain Frédéric Leterreux, journaliste de son état, s'interroge : « Jusqu'où ira l'exploitation de l'homme par l'homme ? Une étrange cargaison a été découverte à Ouistreham, durant la nuit de dimanche à lundi. Vingt et un clandestins s'étaient cachés à l'arrière d'un camion frigorifique. Les gendarmes les ont arrêtés, ainsi que le couple qui occupait la cabine du véhicule. Le camion s'apprêtait à embarquer dans un ferry à destination de Portsmouth (Angleterre), au départ du terminal voisin de Caen. Placé en garde à vue, le couple sera jugé en comparution immédiate au tribunal de Caen. L'homme est âgé de 42 ans et sa compagne de 34 ans. Les gens cachés à l'arrière sont restés trois heures dans le froid. *Nous avons vraiment eu peur de mourir. Nous n'avions même plus envie de franchir la Manche*, témoigne l'un d'eux. Comme ses compagnons de déroute, il était sans papiers. Selon nos premières informations, les clandestins seraient de nationalité albanaise. Ils font l'objet de vérifications administratives sur leur séjour en France. L'enquête se poursuit pour tenter de localiser les commanditaires. Mais ce nouvel épisode interroge sur les dérives de la nature humaine et les effets négatifs de la porosité de nos frontières. »

Martin referme le journal. Le Gros Richard le regarde en essuyant un verre, l'œil pétillant :

— Mais le pompon dans cette histoire, tu le connais ? Car ce genre d'histoire, ça fait toujours plouf dans l'eau…

— Non. Vas-y, raconte, répond Martin, en reposant le journal sur le comptoir.

— Les passeurs ont été condamnés à un an de prison ferme. Tu retires la prime pour bonne conduite et tu vois ce que ça donne. Six mois après s'être fait pincer, ils pourront repartir tranquillement chez eux et relancer leur petit trafic humain.

— Ou pas.

— Non, mais Martin, t'es naïf ou je rêve ? Ces gens-là, ce sont les fossoyeurs de la condition humaine de notre siècle. Ils sont capables de tout. Je te fiche mon billet qu'avant deux ans, ils seront repris d'une subite envie de passer le Channel pour faire une bise à la reine Élisabeth et encore une fois, leur camion sera plein de pauvres hères qui rêvent d'une vie meilleure en Angleterre. Et ce jour-là, j'espère que la maréchaussée sera dans les parages pour les renvoyer directement en prison sans toucher les 20 000. Comme au Monopoly !

— Ont-ils d'autres possibilités ?

— Tu ne vas quand même pas défendre ces enfoirés de passeurs, Martin ? Pas toi quand même…

— Ce n'est pas ce que je veux dire mais peuvent-ils…

Le Gros Richard le coupe :

— On peut toujours faire d'autres choix, Martin, toujours. Il suffit de vouloir gagner sa vie honnêtement. C'est tout. C'est comme tous ces fainéants que je vois glander toute la journée – je ne dis pas ça pour toi, tu le sais bien – eh bien, crois-moi que si on leur coupait les RSA, les CMU et autres sigles généreusement inventés par l'État et synonymes de monnaie sonnante et trébuchante, ils seraient peut-être un peu plus courageux !

Martin ne répond pas. Ce discours, il l'a déjà entendu cent fois. Il préfère finir son café sans en rajouter et retourner prendre l'air. Le grain est passé. Le ciel abandonne son gris cafardeux pour reprendre des couleurs. En sortant, Martin se dit que si le Gros Richard est le plus souvent un compagnon au grand cœur et un homme de bonne compagnie, il peut aussi parfois se montrer très pénible, et qu'à force de ne jamais s'oxygéner l'esprit, il finit par raisonner tout petit.

VI
Viktor

— Descends !

Le ton a changé. L'agressivité n'est pas loin mais Viktor n'a pas l'intention de déranger davantage. Il sort par la portière déjà ouverte. Il jette machinalement un regard vers le ciel. Il voit seulement des gouttes d'eau surgissant du néant pour s'écraser sur ses joues et sur ses chaussures trouées.

Viktor relève le col de sa veste et courbe l'échine. Ce crachin est horripilant. On lui avait dit qu'on peut vivre quatre saisons en une journée en Normandie. Depuis qu'il est arrivé dans la région, il sait que c'est vrai. Manque de chance, ce soir, c'est l'automne et ça dure depuis la fin de l'après-midi.

Avant de refermer la voiture, il remercie chaleureusement les deux hommes de l'avoir pris en stop. Il leur demande s'ils connaissent la direction de Ouistreham.

— À droite, répond, sans se retourner, le passager, qui est aussi le plus petit des deux.

Viktor n'aime décidément pas le son de sa voix, un peu nasillarde. Mais, peu importe après tout, il en a fini avec lui et ce long moment passé au chaud, dans la Mercedes, était tellement éloigné de son quotidien de migrant qu'il se serait senti capable de le supporter pendant des centaines de kilomètres. Quand il racontera sa virée à ses copains de galère, personne ne le croira au village.

Viktor fait le tour de la voiture, évite une flaque d'eau et se positionne à l'arrière du véhicule pour reprendre son sac. Il pose la main sur le coffre avant de réaliser l'inutilité de son geste. C'est sûrement le conducteur qui va lui ouvrir.

Il attend quelques secondes et entend le moteur ronfler très légèrement. Viktor tapote sur le capot. Aucune réponse. Il recommence. La voiture recule de quelques centimètres jusqu'à effleurer son tibia. Il donne une frappe un peu plus franche sur la tôle. Préférant en sourire, il dit, dans sa langue :

— Hey, je suis encore là, ne reculez pas !

Puis, il crie « Stop ». C'est un mot que tout le monde utilise, non ? Il ignore si on l'entend dans l'habitacle mais la Mercedes recule encore, un peu plus brusquement cette fois.

— Attention, crie Viktor, attention !

Il se penche pour regarder à travers la vitre arrière. Il voit le passager lui adresser un signe, une main levée, en guise d'excuse probablement. Viktor répond par le même geste.

— Mon sac, s'il vous plaît, demande-t-il, en forçant sa voix pour couvrir le bruit du moteur.

En guise de réponse, il entend le volume de la musique monter d'un cran. Il toque à la vitre arrière. La voiture démarre brusquement et s'éloigne de lui. Viktor reste bouche bée. À peine a-t-elle couvert une dizaine de mètres qu'elle s'arrête brutalement. Viktor ne comprend rien. Si c'est une plaisanterie, il la trouve particulièrement nulle, surtout sous la pluie. La portière de droite s'ouvre, le coffre aussi. Enfin ! Viktor trottine vers la Mercedes et, un petit sourire de soulagement au coin des lèvres, reprend son sac.

À peine l'a-t-il posé sur le bitume que le conducteur sort à son tour. Viktor lève les yeux vers lui, pour dire au revoir et merci. Il inspire l'air chargé d'humidité comme le ferait un animal.

Quand son regard se porte sur le passager, c'est pour distinguer une arme de poing au bout de son bras. Viktor se raidit, jette un regard éperdu aux alentours. La lumière entrevue quelques instants plus tôt semble tellement loin… Le sourire aux lèvres, le type place son bras à l'horizontale. Il a un silencieux au bout du canon.

VII
Viktor

Viktor n'a rien compris. Il a cru sa dernière heure arrivée. Un flingue braqué sur lui, il pensait que ça n'arriverait jamais plus, depuis que la guerre s'est achevée, en Salvénie.

Il a senti ses jambes flageoler devant le regard menaçant du passager. Et alors qu'il croyait que son compte était bon, l'homme armé lui a dit, en français, accompagné par des signes explicites, de retirer son manteau et de monter dans le coffre.

La peur au ventre, Viktor a obéi. Il a posé son vêtement sur son sac et il a obéi. Il s'est couché en chien de fusil, tremblant. Les deux ravisseurs se sont approchés, chacun de leur côté de la Mercedes, lui ont jeté un regard presque bienveillant et ont refermé le coffre, le plongeant dans une noirceur plus angoissante que celle de la nuit.

La voiture roule depuis quelques minutes maintenant, et dans la tête de Viktor, c'est la tempête. Il essaie autant de comprendre ce qu'il fait là que de savoir comment s'extraire de ce piège en tôle. Il a d'abord pensé que ces deux gars pouvaient être des Tchétchènes qui contrôlent l'aire d'autoroute mais non, ils n'ont pas l'accent. Pourrait-on lui reprocher quelque chose ? Non, il n'a jamais commis le moindre méfait depuis son arrivée dans l'espace Schengen, pas même volé des conserves ou des lames de rasoir au supermarché. Comme beaucoup de migrants, il a brûlé ses empreintes digitales sur des clous chauffés à blanc pour se rendre invisible aux yeux des autorités. Il pense n'être fiché nulle part. Pourquoi lui en voudrait-on ?

En remontant le temps, Viktor se rappelle bien sûr des années de guerre mais il n'a rien fait de répréhensible, il était beaucoup trop jeune. Et, tout ça est tellement loin. Depuis la fin des hostilités, tout le monde s'est réconcilié, pas vrai ? Alors, que fait-il là ? Serait-il tombé sur deux maniaques ? Impossible, tente-t-il de se rassurer, on est en France, pas dans un mauvais téléfilm de Hollywood. N'empêche, Viktor tremble car ses efforts pour ouvrir le coffre sont autant d'échecs. Il est totalement piégé dans une caisse en métal d'où personne ne l'entendra crier. Devant, le son de la musique classique est à son maximum.

VIII
Martin

Le lendemain matin, Martin sort faire quelques photocopies pour compléter le dossier qu'il a préparé pour sa nouvelle agence d'intérim. Le Gros Richard, l'œil moqueur et le torchon sur l'épaule, est à la porte de son bistrot.

— Salut Martin, tu pars pour Ouistreham ?

— Mon contrat débute dans quelques jours. Mais j'ai de la paperasse à faire avant d'aller m'inscrire à l'agence de Caen.

Le Gros Richard se marre.

— Profite de ton temps libre pour passer à la maison, je te prêterai mon gilet pare-balles.

— Ton gilet pare-balles ? Et puis quoi encore ?

— Regarde l'affichette du *Ouest* de ce matin !

Le taulier pointe du doigt la maison de la presse toute proche. Sur l'affichette jaune, qui met en avant l'information principale du jour, *Ouest-France* annonce en grosses lettres : « Un migrant retrouvé crucifié à Ouistreham. »

Martin relit pour être sûr de ne pas s'être trompé. Richard ne lui laisse pas le temps de digérer ce scoop tragique.

— On a retrouvé un cadavre attaché à la clôture d'un champ. Il avait les bras à l'horizontale. « La population est en émoi. » Ah, ils ont le sens de la formule, les journaleux.

— Ne te marre pas, Richard, il n'y a pas de quoi. Tu imagines le calvaire du pauvre gars ?

— Ah ! Ah ! C'est le cas de le dire ! Ne te bile pas, soupire Richard, le gilet pare-balles, c'était juste une blague, je le garde pour moi. Mais, je te parie ta paie à venir qu'ils ont peur pour rien, les autochtones. Ça sent le règlement de comptes à plein nez cette histoire. Un truc entre clandestins. Tu peux bosser tranquille. Ouistreham, c'est pas Sangatte.

Martin se rend à la maison de la presse et jette un œil à *Ouest-France* pendant que le libraire-buraliste lui fait ses photocopies. Richard a fait un bon résumé du drame du jour. L'image du malheureux crucifié accompagnera Martin sur le trajet.

La vieille Saab de Martin taille tranquillement la route, jusqu'au quartier de la gare de Caen. C'est là que sont concentrées la plupart des agences d'intérim de la ville. Martin trouve facilement Synergy 21, la façade est clinquante, avec un lettrage jaune vif et deux Y en grosses lettres. Martin s'amuse en pensant que son père serait révolté s'il voyait pareille enseigne. « Ils ne pouvaient pas écrire *Synergie* à la française, non ? » En fervent défenseur de la langue de Molière, il s'insurge contre toute anglicisation « qui contribue à dévaster notre héritage linguistique ». Cela lui a même inspiré un essai qui, comme toutes ses autres incursions en littérature, s'est soldé par un échec auprès des maisons d'édition parisiennes. Martin se promet de rendre visite à ses parents si son rendez-vous ne dure pas trop longtemps.

C'est le cas. Il rencontre Estelle, une petite blonde boulotte sympathique, qui confirme ses propos téléphoniques de la veille. En quelques minutes, le contrat est signé. Une semaine de travail de nuit, Martin est ravi. Il ne s'éternise pas, Estelle est déjà attendue par un autre intérimaire. En sortant, Martin s'étonne qu'elle ne lui ait pas parlé du meurtre de Ouistreham. Après tout, elle n'a peut-être pas écouté les infos ni lu le journal. À moins qu'elle n'ait pas voulu l'effrayer…

L'inscription à Synergy 21 ayant été rondement menée, Martin prend le temps d'aller remercier Anne-Cécile. Son bureau est sur le trottoir d'en face. Il n'oublie pas que, sans elle, il pleurerait encore sur son sort à Grandcamp. Il fait un crochet par le fleuriste de la rue voisine et se présente à Astuce Intérim avec un bouquet. En entrant, Martin note que malgré le maquillage, le visage d'Anne-Cécile est blême et bien peu guilleret, ce qui n'est vraiment pas son genre.

— Bonjour Anne-Cécile, je vous ai apporté quelques fleurs parce que les bonbons, c'est…

— Merci, Martin, c'est vraiment gentil. Si tous les intérimaires étaient comme vous… soupire-t-elle, l'air un peu triste.

— Ça n'a pas l'air d'aller, vous, ose-t-il.

— Comme vous dites, ça ne va pas du tout. Et c'est un peu à cause de vous, sourit-elle, timidement.

Martin trouve qu'elle en fait parfois des tonnes, mais il s'abstient. Il demande :

— Vous m'en voulez parce que je suis passé à la concurrence? Rassurez-vous, dès que ce contrat se termine, je rapplique chez Astuce Intérim. Et puis, je croyais qu'Estelle était votre amie.

— Non, ce n'est pas ça. C'est… (Elle fronce les sourcils, sa lèvre inférieure tremble un peu.) Vous avez vu les infos?

Martin hésite à répondre qu'il les a lues. Mais la génération d'Anne-Cécile voit plus qu'elle ne lit, c'est ainsi.

— Oui, j'ai vu. Vous pensez au mort de Ouistreham ?

— C'est ça, Martin, c'est ça.

Elle se lève, contourne son bureau et lui prend les mains avec force. Ses grands yeux clairs ne masquent pas son inquiétude. Martin est un peu surpris mais il se retient de sourire. Il a l'impression de jouer dans une sitcom.

— Des nouvelles comme ça, ça fait peur… Si vous saviez comme je m'en veux de vous envoyer là-bas...

— Oh, ne vous faites pas de souci pour moi, fanfaronne Martin, avec des airs de Gros Richard. Ça sent le règlement de comptes à plein nez, cette sombre histoire. Un truc de clandestins, sans aucun doute.

— J'espère, Martin, j'espère. Mais surtout, promettez-moi que vous ferez bien attention à vous.

Martin promet, histoire de faire plaisir à celle qui se démène tant pour lui trouver du travail. Puis, il file, non sans avoir juré de revenir dès la fin de son contrat.

Martin laisse sa voiture où elle était et se rend à pied d'une rive de l'Orne à l'autre. La ville est agréable et à Caen, quand on a une place gratuite, on la garde. Surtout quand on est à découvert.

Après avoir longé la verte Prairie où les coureurs s'en donnent à cœur joie, et repiqué vers le port, Martin sonne à la porte de l'appartement de ses parents, situé place du 6-Juin. Sa mère ouvre. Elle est aussi surprise que ravie de la visite de celui qu'elle appelle toujours son « petit garçon ».

Martin est encore sur le palier qu'il entend déjà son père fulminer dans la salle de séjour. Gilbert prend à peine le temps d'embrasser son rejeton et reprend aussitôt son soliloque inspiré par sa lecture de la rubrique livres de *L'Express*. Cette année encore, l'ex-femme du président figure dans le tiercé de tête du classement des meilleures ventes de l'année et pose, très décontractée, au milieu d'académiciens et de romanciers auquel Gilbert accorde un menu talent. L'ancien prof de français tourne en rond autour de la table à manger :

— On ne va quand même pas me dire que cette femme est un écrivain? Son nouveau livre, c'est tout au plus un ramassis de souvenirs graveleux écrits à la truelle ! Quand je vois que ce torchon s'est hissé, pendant trois mois, en tête des ventes alors que tant d'autres auteurs, bien plus doués que cette ex Première dame – et je ne parle pas pour moi – ne trouvent pas d'éditeur, je crie au scandale ! J'ai raison, non? Lilia, j'ai raison ou pas ?

Liliane attend que Gilbert relève la tête avant d'approuver, d'un air contrit. Pas question de fâcher sa moitié, déjà bien énervée. Martin fait de même, avec une pointe d'amusement que ne décèle pas son père. Il se demande juste si la vraie raison de son courroux n'est pas posée sur la table. C'est une lettre qu'une maison d'édition a adressée à Gilbert et qu'il a vraisemblablement reçue le matin même. Martin jette un œil aux premières lignes : « Monsieur, nous avons bien reçu votre manuscrit et nous vous remercions de votre envoi. Malheureusement, notre ligne éditoriale… » Inutile de lire la suite. Depuis des années, Martin a vu des dizaines de courriers du même type arriver à la maison. À l'âge de la retraite, Gilbert s'est lancé avec obstination dans l'écriture de manuscrits et inlassablement, les éditeurs les refusent, avec la même politesse et la même constance.

Liliane prend son fils par le bras et le conduit dans la cuisine. Elle dispose d'un quart d'heure avant de se rendre au siège de l'association des sans-abri qu'elle préside. Après avoir pris des nouvelles des enfants, elle demande à Martin les raisons de sa venue. Au mot Ouistreham, elle se fige et glisse à voix basse, afin que Gilbert n'entende pas :

— Tu as entendu les infos ?

— Oui, pourquoi ?

— Cet homme découvert assassiné à Ouistreham, c'est affreux. Pile le jour où tu signes ton contrat.

— Rassure-toi, maman, je n'ai rien à voir avec ça.

Sa mère sourit jaune.

— Ne plaisante pas, Martin. C'est dramatique.

— Je sais, maman. Ce que je veux dire, c'est que mon contrat ne commence pas tout de suite et si tu veux mon avis, cette histoire est sûrement un truc de clandestins. Au fait, tu connaissais ce pauvre type qui est mort ?

— Non, nous n'intervenons pas là-bas. Mais finir comme ça, à des centaines de kilomètres de son pays, c'est horrible.

— Tu penses à quoi ?

— À un litige entre réfugiés (sa mère refuse toujours d'employer le mot « clandestin »). Sur *France Bleu*, ils viennent de dire que le garçon venait de Salvénie. Ce pays a été déchiré par la guerre, il n'y a pas si longtemps.

— Je me souviens.

— Une guerre, surtout quand elle est civile et donc fratricide, ça laisse des traces. Il s'agit sans doute d'une vengeance ou de quelque chose comme ça. Mais, cette affreuse mise en scène, ça ressemble à des pratiques guerrières qu'on croyait oubliées en Europe depuis ce conflit sanguinaire.

Martin siffle d'admiration :

— Ma parole, maman, tu es mieux renseignée que les journalistes…

Liliane sourit, montrant un *Monde diplo* plié sur le buffet de la cuisine :

— Je les écoute et je les lis. Ils ne disent pas que des bêtises, tu sais… Et puis, entre bénévoles, on se connaît et on se soutient. Quand j'ai entendu la nouvelle à la radio, j'ai tout de suite appelé Gisèle.

— Qui est Gisèle ?

— La responsable d'un collectif de Ouistreham qui aide les sans-abri, comme nous à Caen. Elle n'en revient pas. Il y a déjà eu des heurts entre réfugiés, ça, elle en a l'habitude, mais des morts jamais. C'est horrible. Elle s'est d'ailleurs présentée au commissariat de police pour proposer son aide. Un meurtre à Ouistreham, tu te rends compte ?

Liliane ne laisse pas à Martin le temps de répondre. Elle regarde l'horloge. Il est presque temps pour elle de partir. Martin lui propose de la déposer au siège de l'association. Elle ne se fait pas prier. Elle file se préparer pendant que Martin écoute son père vociférer contre la faillite de la littérature contemporaine. Heureusement, sa mère revient sans tarder. Sur sa tête, un bonnet péruvien sans doute acheté chez Peuples solidaires, histoire de faire plaisir à une de ses nombreuses copines bénévoles, et dans sa main, un sac de grande surface au contenu bien rempli, Martin imagine que c'est de la nourriture pour les gens dont s'occupent Liliane et ses amis. Martin dit au revoir à Gilbert et accompagne Liliane à la voiture.

Le trafic est assez fluide sur les quais et il ne faut pas plus d'une dizaine de minutes pour rejoindre le siège de l'association de Liliane. Elle propose à Martin d'y faire une pause mais il refuse. Il y passe avec plaisir quand son ami Pascal, bénévole engagé lui aussi, est là, mais le reste du temps, il préfère passer son chemin. Au moment de descendre de la vieille Saab, Liliane, en mère attentive, demande à Martin où il compte habiter durant son séjour à Ouistreham.

— Je ne sais pas encore mais j'ai regardé sur internet, la ville regorge d'hôtels, ment Martin, en sachant très bien qu'il va dormir dans sa voiture. Certains seront encore ouverts en octobre. Je ne devrais pas avoir de mal à trouver une chambre...

— … Qui va te coûter tout ton salaire, coupe sa mère, péremptoire. Non, j'ai mieux pour toi.

— Maman, ça va, je suis grand…

— Et moi, je suis ta mère, coupe-t-elle. Je suis sûre d'avoir déniché ce qu'il te faut.

Martin préfère en sourire. Liliane est décidément toujours au service des autres. On ne la refera pas.

— Et qu'as-tu trouvé ? Une suite dans un palace, j'espère…

— Ne te moque pas. Non, juste un petit bungalow. Mais il est à deux pas de ton travail. Tu pourras même y aller à pied !

— Depuis quand as-tu un bungalow à Ouistreham ?

— Je n'en ai pas, sourit sa mère. Mais j'ai appelé Gisèle pendant que tu étais avec ton père et je lui ai parlé de toi.

— Gisèle, encore… Et pourquoi pas Raymonde ? se moque Martin, en imaginant une septuagénaire rompue aux ateliers patchwork et aux soirées loto.

— Ne ris pas, Martin. Gisèle est charmante.

— J'imagine, j'imagine…

— De l'hiver au printemps, elle entretient le jardin du bungalow d'une de ses amies parisiennes. Elle a la clé et elle est d'accord pour que tu y dormes toute la semaine.

— Bonne nouvelle. Et comment je récupère cette clé ?

— Elle t'attendra sur place.

— Gisèle ?

— Non, la clé. Gisèle s'excuse mais elle ne pourra pas être là le soir de ton arrivée. Elle s'absente quelques jours. Elle partira dès qu'elle aura été entendue dans le cadre de l'affaire du jeune Salvène. Elle te la déposera dans une cachette. C'est sous le pot de fleurs, à droite de la porte d'entrée. Elle viendra te voir dès son retour.

— C'est gentil mais elle n'est pas obligée, tu sais.

— Je sais, mais c'est bien que tu la voies, elle est a-do-ra-ble !

Et c'est reparti… Quand Liliane insiste ainsi sur les dernières syllabes, Martin sait ce que ça veut dire. Liliane est tellement soucieuse de recaser son fils divorcé que, dès que l'occasion se présente, elle fait tout pour qu'il rencontre des jeunes femmes. Seulement, les goûts de Liliane ne sont pas souvent, et pour ainsi dire jamais, ceux de Martin.

Avant de partir, sa mère l'embrasse bien fort et lui propose de lui laisser un peu d'argent. Martin refuse, arguant qu'il n'a plus 12 ans. Il n'a plus un sou non plus, mais ça, Liliane n'a pas besoin de le savoir... Il la regarde s'éloigner, la silhouette un peu frêle sous son bonnet, mais la démarche rapide. Il réalise alors qu'elle a laissé son sac sur la banquette arrière. Martin klaxonne. Sa mère se retourne. Il montre l'arrière de sa voiture pour lui signifier qu'elle a oublié quelque chose. Liliane répond en pointant son fils du doigt. Martin regarde rapidement et comprend : de la nourriture et des paquets pour Guillaume et Brunehilde, sur lesquels ont été collés des Post-it avec, inscrits, « De la part de Papi et Mamie ». Martin aimerait serrer sa mère dans ses bras pour la remercier mais quand il se remet dans le sens de la marche, elle a déjà disparu de son champ de vision. Il enclenche la première, en se disant qu'on n'aime jamais assez ses parents.

IX
Martin

De la chaleur familiale à la froideur des quais, il y a quelques jours et quelques kilomètres que Martin parcourt allégrement. Il arrive à Ouistreham le lundi en fin d'après-midi, comme demandé par Estelle. En approchant de sa destination, il double un petit groupe d'hommes aux visages aussi fatigués que leurs vêtements. Il est difficile de leur donner un âge. Martin dirait la trentaine. Certains ont sans doute beaucoup moins, c'est juste que ça ne se voit pas. Les épreuves ont buriné des silhouettes et gommé toute trace de jeunesse chez ces aspirants au grand voyage transmanche. Ils marchent le long de la route, les épaules voûtées et le pied traînant. Des clandestins sans aucun doute. Martin en voit d'autres sur le bord de la chaussée, aux abords du rond-point des Pommiers, à l'entrée de la ville. « Pauvres types », souffle-t-il, imaginant leur galère pour venir jusqu'ici et pour en partir.

Il trouve une place de stationnement sur un parking situé entre une stèle à la mémoire des péris en mer, une statue d'Aristide Briand et une salle de jeux. Un bon endroit pour garer son antique suédoise : la gare maritime est à deux pas. Martin est en avance. Il se dérouille un peu les jambes et en profite pour découvrir, depuis l'extérieur, son espace de travail des prochains jours.

Première observation, un double grillage ceinture le quai d'embarquement et le vaste parking de bitume sur lequel prennent place les camions avant de filer à l'anglaise. Deuxième observation, les vendeurs de barbelé et de capteurs ont dû faire fortune ici. Martin soupire. La sécurité à tout prix, ça n'a jamais été trop son truc. Il va pourtant falloir qu'il fasse avec. Mais une semaine, c'est vite passé, se dit-il, pour se rassurer.

Après avoir marché jusqu'à la mer, il revient vers la gare maritime et trouve facilement les bureaux de la SPB. Ils sont situés à l'arrière du bâtiment principal.

En approchant d'un double préfabriqué, Martin distingue une plaque cuivrée dont le clinquant contraste avec la modestie des locaux. Dessus, gravées en grosses lettres voyantes, les initiales de la SPB. S pour Société, P pour Protection et B pour Borovic, le nom du patron, comme l'avait expliqué Estelle.

Martin frappe et entre, comme indiqué sur la porte. Il pénètre dans un bureau d'accueil-secrétariat aussi dépouillé qu'anonyme. Au fond, un poster vantant les avantages du trafic maritime a été punaisé juste à côté d'une porte qui ouvre sans doute sur l'espace réservé à la direction. Personne dans la première pièce. En revanche, on entend une voix derrière la cloison et la conversation semble assez animée. Martin n'y comprend rien. Aux intonations perçues, il suppose qu'on parle dans une langue d'Europe de l'Est. Du salvène probablement.

On raccroche. Très vite, la porte du bureau du fond s'ouvre sur une silhouette élancée. Un trentenaire, le visage bronzé, yeux clairs et look sportswear, avance à pas décidé vers Martin. Il contourne le petit bureau de l'accueil et lui tend la main :

— Novak Borovic, enchanté.

Pogne vigoureuse, regard pénétrant, sourire de circonstance, le boss s'impose. Il invite Martin à le suivre dans son bureau.

— Martin Mesnil, je suppose.

L'intérimaire de la SPB n'a pas le temps de répondre. Novak Borovic enchaîne, avec un petit air embarrassé :

— Désolé de vous recevoir comme ça, mais notre secrétaire est absente.

Martin note que son accent est à peine perceptible.

— Ce n'est pas grave. Je la verrai demain.

— Non, je pense que vous ne la verrez pas durant votre séjour chez nous. Elle est arrêtée pour quelques jours. Elle a du mal à se remettre de ce qui s'est passé il y a quelques jours. Et pour l'instant, l'agence d'intérim avec laquelle je travaille ne m'a pas encore trouvé de remplaçante…

Martin se mord les doigts de ne pas avoir assez bien lu les journaux. Il en est resté aux clandestins retrouvés dans le camion frigo et au mort découvert sur une barrière, certes, ça fait déjà beaucoup mais à part la zone géographique, quel rapport avec la SPB ? s'interroge-t-il alors que son regard est happé par la luxueuse décoration du bureau de Novak Borovic.

De l'extérieur, les locaux de la SPB ressemblent à un préfabriqué ordinaire. Mais, à l'intérieur, c'est tapis d'Orient, fauteuils en cuir et trophées rutilants disposés sur une armoire. Un cadre protège un maillot du FC Barcelone recouvert d'autographes illisibles et juste à côté, une photo géante montre un footballeur en pleine reprise de volée. Impossible de ne pas reconnaître Novak, du temps de sa jeunesse. Avis à ceux qui n'auraient pas compris que Novak Borovic a un riche passé footballistique : passez votre chemin ou changez de lunettes.

Novak laisse Martin apprécier le décor fastueux pendant quelques secondes puis, l'air satisfait, l'invite à s'asseoir face à une table marquetée en chêne, qui fait office de bureau.

En quelques mots, il lui présente l'entreprise et sa mission. C'est finalement très simple, assure-t-il. Il faut superviser le trafic des camions qui passent sur la grande plateforme menant au quai.

— L'anglais, je vois que vous maîtrisez, avance Novak en survolant le CV de Martin, qu'il a sorti d'un dossier posé sur son bureau. Vous avez d'ailleurs fait des études de langues et travaillé dans le tourisme et l'hôtellerie ?

— Je maîtrise, pas de problème.

— Vous êtes titulaire du permis poids lourd également ?

Martin acquiesce.

— Quand on est intérimaire, il faut savoir tout faire.

— Très bien. Normalement, vous n'aurez pas besoin. Mais, on ne sait jamais. Il faut parfois être au four et au moulin, comme on dit chez vous... Pour ce soir, j'ai prévu de vous faire travailler avec David, c'est un garçon du coin et il a l'expérience. Vous évoluerez en binôme. Cela facilitera votre apprentissage. Il y a très peu de trafic en ce moment.

— Deux personnes pour un si grand espace ?

— Nous fonctionnons avec des effectifs aussi réduits que possible. C'est la crise, vous savez. Si votre système économique était plus souple, je pourrais embaucher quand la situation est favorable et licencier dès que cela devient tendu. Mais en France, tout est compliqué, alors…

— Excusez ma curiosité mais vous n'êtes pas français ?

Novak le regarde avec un petit air de défi.

— Bien sûr que je suis français…

— Excusez-moi.

Novak sourit.

— … Vous avez raison, je le suis devenu. Je suis né en Salvénie.

— En Salvénie ? Décidément…

Novak le coupe.

— Je sais ce que vous allez dire. Pourtant, ne vous fiez pas à l'image négative qu'en donnent les journaux. C'est un très beau pays, mais c'est un confetti en Europe. Alors, on en parle seulement en temps de guerre ou lorsqu'un jeune homme est retrouvé mort dans les parages, comme ce fut malheureusement le cas voici quelques jours.

— J'ai lu ça. C'est horrible. Vous le connaissiez ?

— Non, sourit ironiquement Novak. J'ai dit que la Salvénie est un petit pays mais je dois vous avouer, M. Mesnil, que je ne connais pas tous les citoyens salvènes, même quand ils viennent dans les environs.

Le patron fait une pause, l'air songeur.

— Je partage votre avis, c'est une tragédie. Ce pauvre homme…

Martin ne le trouve pas si catastrophé que ça mais il ne va pas déjà risquer de se faire mal voir par son nouvel employeur.

— À la SPB, nous avons été assaillis par une horde de journalistes qui ont mis beaucoup de temps à comprendre que ce n'est pas parce que je suis salvène que j'ai un rapport avec mes concitoyens morts dans la région. Ça, heureusement, la police l'a tout de suite saisi. D'ailleurs, son travail a porté ses fruits.

— Le coupable a déjà été retrouvé ?

— Non, soupire Novak, dont le regard, soudainement las, se pose sur son sous-main en cuir. Mais ça avance et j'espère sincèrement que les auteurs de ce crime odieux seront punis comme ils le méritent. Quant aux journalistes, ils sont partis voir ailleurs, c'est déjà ça.

Le téléphone du bureau sonne. Avant de décrocher, Novak tend une carte magnétique à Martin :

— C'est pour circuler tranquillement sur la plateforme.

Puis, il parle de nouveau dans cette langue que Martin ne connaît pas. Il pose la main sur le combiné et chuchote à Martin de revenir à la nuit tombée. Si possible une heure avant sa prise de service. Il veut l'entretenir d'un sujet important.

X
Martin

Martin sort du préfabriqué de la SPB. Il boirait bien un café. Il opte pour un passage dans le grand bâtiment impersonnel de la gare maritime. Il espère y trouver une cafétéria ou, au pire, une machine à café. Soulagement à l'entrée : un bar-brasserie est ouvert au fond de la grande salle, dans un coin vitré. Sur le mur, des paysages maritimes représentant des cabines de bain posées sur le sable et des mouettes qui volent dans un ciel nuageux plutôt bleu, comme à l'extérieur.

En été, ce lieu doit accueillir des centaines de clients chaque jour mais en ce moment, c'est plutôt Ouistreham morne plaine. Seuls une Anglaise à valise à roulettes et deux routiers amateurs de Guinness et de rires gras occupent l'espace. Au bar, une armoire normande, le patron de la cafét' sans doute, regarde les immuables *Des chiffres et des lettres*, que diffuse une télé accrochée au mur. Laurent Romejko et Bertrand Renard en bruit de fond, idéal pour une sieste, songe Martin qui n'est pas venu pour ça.

Après avoir traversé une haie de chaises en plastique, il se plante devant le comptoir. Manque de chance, le barman a les yeux rivés sur l'écran. Martin attend. Les lèvres du taulier dessinent des mots que Martin ne saisit pas mais le sourire discret qu'il affiche quand il se tourne vers son client ne laisse planer aucun doute : le compte est bon.

— Bonjour, lance Martin, un café, s'il vous plaît. En quatre lettres.

Le type le regarde quelques secondes. Puis, sa bonne tronche de fort des halles se fend d'un rire franc.

— Un café en quatre lettres, elle est bonne celle-là ! Vous écrivez pour qui ? La revue des amateurs de Scrabble ?

— Pardon ?

— Vous êtes journaliste, c'est ça ?

— Pas du tout. J'ai une tête à écrire dans un journal ?

— Oh, je n'en sais rien. J'en ai tellement vu ces jours derniers que je ne sais plus trop à quoi ça ressemble, un journaliste. J'en ai servi de tous les âges, de toutes les tailles et de toutes les couleurs.

— Ils étaient là pour quoi ? Pour les Albanais retrouvés dans le camion frigorifique ?

— Ouh là, vous n'y êtes pas du tout, répond l'homme en passant une main dans ses cheveux poivre et sel coiffés en arrière. Jadis autrefois, j'étais hôtelier dans la Somme et je peux vous le dire, j'ai vécu de près quelques faits divers et c'était pas joli joli. Eh bien, croyez en mon expérience, on n'envoie pas un journaliste de Paris pour des gens qui ont risqué d'attraper un rhume au fond d'un camion. Non (il baisse d'un ton en regardant à droite et à gauche), ils étaient là pour le crucifié.

— Le crucifié ?

— Oui, ce pauvre gars qu'on a retrouvé mort, les bras en croix, accroché aux fils barbelés dans un champ, à l'extérieur de la ville. Ne me dites pas que vous n'en avez pas entendu parler. Ou alors, c'est que vous arrivez de la planète Mars !

— Non, non, excusez-moi, j'ai lu ça, effectivement. Mais, quel est le rapport avec vous ?

— Avec moi, aucun, heureusement. Avec la gare maritime, un peu plus si l'on en croit les pisse-copie.

— Je ne vois pas…

L'œil rivé sur son percolateur, le grand gaillard se lance dans une explication que Martin écoute, tout ouïe.

— C'est pourtant simple, selon eux. La gare maritime était, jadis autrefois, gérée par Caen-la-Mer, l'intercommunalité dont Ouistreham fait partie. Jusque-là, tout allait bien. Depuis quelques années, tout est passé en sous-traitance et il faut avouer que ce n'est plus ce que c'était. L'embarquement et le débarquement ont notamment été confiés à la SPB (Martin ne bronche pas), une société présidée par Novak Borovic.

— Le footballeur ?

— Ah, je vois que Monsieur aurait pu faire carrière à *L'Équipe* ou *France football*. Oui, c'est bien lui, mais là, il s'agit surtout du fils de son père.

— Qui est ?

— Dragan Borovic.

Martin le regarde, interrogatif. L'homme profite de lui tendre sa tasse pour glisser, en chuchotant :

— Le Dragan Borovic de sinistre mémoire. Ne me dites pas que…

— Désolé. Ça ne me dit pas grand-chose.

— Remarquez, je ne suis pas surpris. Ce n'était pas le plus célèbre des bourreaux de Salvénie mais croyez-moi, il a laissé un drôle de souvenir à quelques-uns de ses concitoyens durant la guerre civile. Enfin, ceux qui sont encore là pour s'en rappeler…

Martin fouille dans les souvenirs de guerre qu'ont pu lui forger la télévision et les journaux à l'époque. Il ressent une vague tristesse en voyant défiler d'affreuses images sorties des tréfonds de sa mémoire. Guerres civiles, massacres ethniques, exécutions sommaires, tortures sadiques… L'Europe a souffert dans sa chair pour accoucher de micro-États où la démocratie peine encore parfois à exister. Martin se souvient de tout ça, la télévision s'en était donné à cœur joie mais de tous ces souvenirs d'horreur, le nom de Dragan Borovic n'émerge pas. Non, ça ne lui dit rien. C'est loin, tout ça, très loin.

— Quel rapport avec le fils ? s'étonne Martin.

— Pour les journalistes avides de sensations fortes, il y a trois possibilités.

— Qui sont ?

— Si ce pauvre gars est mort près de Ouistreham, c'est que le père Borovic a repris du service, que le fils marche sur les traces du père ou qu'on veut du mal à cette famille.

— Et pour les journalistes amateurs de sensations faibles ?

— Ah ! Ah ! Monsieur aime jouer avec les mots ! Pour eux, c'est juste un drame atroce que personne n'a réussi à élucider.

— Vous les connaissez, les Borovic ?

— Tout à fait exact ! Enfin, je connais Novak. Ses bureaux sont juste derrière le bâtiment. Et puis, je l'ai vu à la télé quand il était footballeur au Havre, un sacré tempérament, croyez-moi ! Depuis qu'il est ici, il fait son boulot, il est correct, rien à dire. Et, croyez-moi, il est plus calme que sur un terrain !

— Et son père ?

Du plat de la main, le bistrotier balaie son zinc.

— Je ne l'ai jamais vu. Selon certaines rumeurs, il habiterait dans la région, peut-être même chez son fils, mais Novak n'en parle jamais. En tout cas, s'il est dans le coin, je peux vous assurer qu'il vit dans la plus totale discrétion.

— Dans ce cas, pourquoi aurait-il commis pareil crime ?

— C'est vrai, ce serait ballot…

Un ange passe et le barman change de registre.

— Et vous, qu'est-ce que vous venez commettre ici ?

— Qu'est-ce qui vous fait penser que je suis ici pour rester ?

— Vous voyagez sans bagage, la jeune Anglaise ne s'intéresse pas à vous, les routiers se suffisent à eux-mêmes et mon bar n'est pas à vendre.

— Ma voiture est peut-être garée à l'extérieur, avec toute ma vie à l'intérieur ?

— Aucune voiture n'a franchi les barrières de la gare maritime, ce n'est pas l'heure, et le parking extérieur est vide.

— Un bon point pour vous, rigole Martin. J'ai un contrat à la SPB.

— Il fallait qu'on en parle ! se marre franchement le barman. Bon, ben, vous êtes au parfum. J'espère que je ne vous ai pas fait peur avec mes histoires de crucifié.

Il lui tend la main :

— Maurice, enchanté.

— Martin, de même.

— Je vous offre quelque chose ?

Martin regarde sa tasse. Vide.

— Un deuxième café s'il vous plaît. Ça va m'aider à tenir. Je commence cette nuit.

Maurice se sert un diabolo citron. Martin lui confie, après une première gorgée :

— Avec ce que vous me dites, je me demande si j'ai bien fait d'accepter ce contrat à la SPB. On dirait que la période est vraiment particulière...

— Mais bien sûr que vous avez bien fait. Le boulot, ça ne court pas les rues et Novak est un patron réglo, j'en suis sûr. Je n'en dirais pas autant de ses acolytes.

— Ses acolytes ?

— Oui, il n'est pas venu tout seul. Novak, c'est le boss mais il n'est pas là en 24/24. Il a, à ses côtés, des gars qui viennent de Salvénie, comme lui. La nuit, ils sont deux à diriger la manœuvre. Toujours les mêmes.

— Des amis du père ?

— À ce qu'on dit, ils étaient à ses côtés quand ça guerroyait à l'Est.

Maurice soupire.

— Ils habitent ici, comme Novak, mais il faut bien se le dire : l'intégration n'a pas été la même pour tout le monde.

— Pourquoi dites-vous ça ?

— Novak, je l'ai vu à l'œuvre, c'est un bon. Mais les deux autres, là, Dupond et Dupont, je vous assure qu'ils ne sont pas comme nous.

— C'est-à-dire ?

Le cafetier désigne du doigt la tasse de Martin.

— Ils n'aiment pas les petits noirs, eux. Seul le blanc trouve grâce à leurs yeux et je ne parle pas de pinard. Si Novak a brillé sur les pelouses des stades, eux, c'est sûrement dans les tribunes et autour qu'ils ont fait des ravages. Du genre hooligans, vous voyez le genre ?

— J'imagine assez bien, répond Martin en entendant un bruit derrière lui.

Il voit les yeux de Maurice s'écarquiller très brièvement. Martin se retourne. Deux types, crâne rasé et mâchoire carrée, viennent d'entrer dans la gare maritime.

— Je vous parlais des loups des steppes, les voilà dans ma tanière…

XI
Martin

Martin les regarde. Il n'a jamais trop supporté les *bone heads* et ces deux-là lui font l'impression d'être de vrais furieux. Crâne brillant, front bas, mine patibulaire, regard balayant la grande salle de la gare maritime, les épaules qui roulent à chaque pas. Pas le style de types avec qui Martin a envie de sympathiser. Il se décide à partir. Il n'a pas envie d'en savoir plus sur ses deux futurs collègues et il souhaite passer voir son logement avant de prendre son service. Alors qu'il s'approche de la caisse pour régler son café, Maurice lui souffle :

— Excusez-moi, je vais servir Heckle et Jeckle.

— C'est la loi du commerce, répond Martin pendant qu'à la télé, Bertrand Renard prouve que 2 et 2 font 4.

— Repassez quand vous voulez, je ne bouge pas.

En marchant vers la sortie, Martin les regarde discrètement. L'un est grand et costaud, le cou massif, le visage osseux barré d'une bouche aux lèvres si serrées qu'on croirait qu'il n'en a pas. L'autre est plus petit, il semble plus nerveux, un tatouage sort de son cou pour mourir derrière son oreille. On dirait une queue de serpent.

Martin retourne à sa voiture. La température est douce. Il prend son sac et décide de se rendre à pied jusqu'au bungalow qu'on lui prête pour la semaine. D'après le GPS de son téléphone, il y sera en moins d'un quart d'heure. Il franchit l'étroite écluse qui coupe la ville en deux. Étrange passage en coude, avec des vélos peints au sol mais des voitures qui roulent dessus.

Sur l'autre rive, Martin aperçoit le port de plaisance qu'il laisse à tribord. Il va tout droit et là, surprise, il découvre très vite un invraisemblable quartier de maisonnettes faites de bric et de broc, de caravanes recouvertes d'une sommaire toiture en bois, de cabanes de jardin agglutinées, de bungalows défraîchis… À la fois bidonville de luxe et Boboland, mais l'endroit semble tranquille et idéal pour se reposer, et la végétation ne se gêne pas pour envahir l'espace.

Martin localise sans difficulté l'emplacement de « Mon p'tit bonheur ». La bicoque, construite de plain-pied, semble avoir été édifiée à la va-vite, avec un toit en ardoise et une porte en verre grillagée. Martin pousse un portail rouillé et emprunte une courte allée qui coupe en deux un jardin à l'abandon. À côté de la porte, une plaque en azuléjos, sans doute rapportée d'un voyage au Portugal, indique en lettres arrondies le nom de sa villa de fortune.

Comme annoncé par sa mère, Martin trouve la clé sous le pot de fleurs situé à droite de la porte. À peine entré, il est assailli par l'odeur des meubles anciens et de la poussière. Le bon air n'a pas dû être invité ici depuis des lustres ! Martin laisse ouvert, ça ne peut pas faire de mal. L'intérieur est petit, cosy et terriblement daté, avec une deuxième porte au fond. Tout semble figé depuis des décennies.

Sous un plafond écaillé, quatre murs en carton-pâte présentent une vaste fresque jaunie rassemblant cerfs, chiens et chasseurs soufflant dans leurs cors pour une copie non brevetée de toile de Jouy. Le sol en lino supporte un canapé défoncé, protégé par une couverture au crochet ; une tablette vintage ornée d'un téléphone en bakélite certifié d'origine et d'une poterie de Vallauris poussiéreuse abritant, dans sa coquille façon Saint-Jacques, un hippocampe et un plongeur sous-marin nageant au-dessus de mystérieuses plantes aquatiques ; une table en bois couverte d'une nappe vichy en plastique et une télé à tube cathodique. Martin est persuadé que s'il l'allumait, Léon Zitrone y apparaîtrait pour annoncer la dernière réforme pompidolienne votée par le Parlement.

À peine visible depuis l'entrée, un coin cuisine a été aménagé dans un angle du séjour. Son équipement est très sommaire. Il se résume à un frigo attaqué par la rouille et une plaque chauffante. La pièce principale donne sur une petite chambre bien remplie, avec un lit double et deux lits superposés. Enfin, accessible uniquement de la chambre, une mini-salle de bains semble avoir été ajoutée à l'aide de parpaings mal ajustés. Elle fait deux mètres carrés, cabine de douche comprise. Le papier peint, jadis bleu, est orné de gondoles en mouvement et, pour les toilettes, eh bien… ce sera à l'extérieur, à l'ancienne, dans une cabane !

Martin s'en fiche, il n'a jamais été bien regardant sur le confort. Cette maisonnette située à deux pas de la gare maritime et au rapport qualité-prix imbattable suffiront à son bonheur.

Il s'allonge sur le lit, histoire de le tester. Il le juge confortable et décide d'y rester un peu. Autant se reposer avant sa prise de service. De son sac, il extrait son Walkman et un jeu de piles toutes neuves. Il cherche une cassette dans son sac. Un titre qui colle bien avec son séjour en bord de mer. Ce sera les Waterboys, *This is the sea*, 1985.

Profitant de la douceur exceptionnelle du soir, Martin ouvre en grand la fenêtre et reprend sa position allongée. En station horizontale, il regarde le vent agiter lentement les branches des arbres et se laisse gagner par un sommeil léger, le menton posé sur sa poitrine… En s'assoupissant, il savoure cette brise marine et, en pensée, remercie sa mère de lui avoir trouvé un abri qui lui permet d'envisager son très proche avenir avec une relative sérénité.

XII
David

Quand Martin refait surface, la nuit s'est emparée de la zone portuaire de Ouistreham et il est temps de retourner sur la rive ouest. Sous les effets orangés de l'éclairage urbain, des hommes vêtus d'un vieux gilet fluo estampillé Caen-la-Mer vaquent à leurs occupations. La carte que lui a donnée Novak lui permet de franchir tranquillement la barrière de sécurité. Martin retourne au bureau de la SPB. Un type se tient debout contre un mur latéral du bâtiment. La quarantaine trapue, le cheveu blond-gris, les yeux bleus, quelques bagues aux doigts des deux mains, la clope au bec. Il attend que Martin soit tout proche pour l'interpeller :

— Martin ?

— Oui.

— Je m'en doutais. Je suis David.

Regard chaleureux et malin.

— Ah, David, bonsoir. Novak m'a annoncé qu'on faisait équipe.

— Oui, je dois te faire découvrir le boulot qui t'attend. Ça tombe bien, la soirée s'annonce tranquille.

— C'est ce que Novak m'a dit.

— Viens, on va d'abord passer par le vestiaire.

— Euh, désolé de vous faire faux bond, mais M. Borovic m'a demandé de repasser le voir.

— Pas de problème, j'attendrai. Mais à une condition : ici, c'est peut-être tenue correcte exigée mais c'est aussi tutoiement de rigueur. En tout cas, en ce qui me concerne. Alors, tu me dis « tu », Martin, sinon, on ne va pas être copains.

David rigole. Martin l'imite. Il part frapper à la porte de Novak Borovic. Il est plutôt content de la première impression laissée par son collègue, nettement plus sympathique que les deux autres croisés un peu plus tôt, au bistrot de la gare maritime.

XIII
Martin

Novak invite de nouveau Martin à entrer dans son bureau cossu. Martin n'en est pas certain mais il le juge plus grave que dans l'après-midi. Il s'assoit, un œil sur le poster du patron et un autre sur ses trophées. Novak le regarde de ses yeux clairs et entame son exposé :

— Je sais que nous vivons une époque difficile. Le travail devient rare. L'argent facile peut être tentant. Mais ici, c'est non. Sinon, c'est la porte.

Martin ne saisit pas. Novak prend bien le temps de le dévisager. Il semble satisfait de son petit effet. Il poursuit, petit sourire au coin des lèvres.

— Je vais être plus clair. Nous travaillons sur le quai de Ouistreham. D'un certain point de vue, nous sommes à une extrémité géographique de l'espace Schengen. Nous tenons une sorte de poste frontière avant l'Angleterre. Cela implique des devoirs : nous devons être irréprochables dans notre travail et contrôler les sorties vers le Royaume-Uni. Cela signifie qu'avant d'être autorisé à monter dans un ferry, un camion qui passe entre nos mains est examiné avec grand soin.

Il a bien appuyé sur les syllabes « avec grand soin ». Martin commence à comprendre tandis que Novak enchaîne :

— S'il faut passer dix minutes sur un camion, vous passez dix minutes sur un camion. Si vous voyez quelque chose de suspect, vous prévenez. Si on vous propose de l'argent pour fermer les yeux, vous refusez. Les gens non-désirés outre-Manche doivent rester en France.

— Excusez-moi, répond Martin. On m'a demandé de venir travailler ici comme agent de port, pas comme policier.

— Comme vous y allez, rectifie Novak, avec une froideur très perceptible dans le regard. Je ne vous demande pas de faire la police. Je vous demande simplement d'être très vigilant. La réputation de la SPB est à ce prix. Les gendarmes patrouillent tous les jours autour du site pour prévenir les tentatives d'intrusion. Et s'il devait y avoir un travail de « police » – comme vous dites – à effectuer, il le serait par mes deux adjoints qui sont présents ici, toutes les nuits, quand il y a du trafic. Ils ont toute ma confiance.

Martin n'a pas de mal à deviner de qui il parle. Il évite de dire qu'il les a aperçus, un peu plus tôt, à la cafétéria. Et, surtout, qu'il ne raffole pas de leur style pitbull. À l'invitation de son patron, il prend congé et va retrouver David, toujours installé contre les bureaux de la SPB et toujours la cigarette au bec.

David lui montre une porte, celle du vestiaire des employés de la SPB. Il lui confie le code secret et lui demande de tester le système d'ouverture. Il précise que le code est modifié chaque semaine. Le local s'ouvre sur un clic discret. L'espace est réduit mais tout neuf.

— Quand la Brittany Ferries a décidé de prendre un sous-traitant pour le parking, la SPB a réclamé un vestiaire, explique David en claquant des doigts. Aussitôt dit, aussitôt fait ! Comme tu le vois, ce n'est pas une salle de bal mais c'est propre. Avant, on n'avait rien pour se changer, t'imagines...

Des petits placards couvrent le mur du fond. Des bancs longent les murs latéraux. Pointant du doigt celui situé le plus à droite, David précise :

— C'est celui des visiteurs de passage et des intérimaires.

Il y trouve une tenue de nuit qu'il donne à Martin. Chaussures de sécurité, pantalon de treillis, veste de quart.

À l'exception des bandes fluo cousues sur les vêtements, tout est noir.

— L'uniforme de la SPB, il ne fait pas un peu… essaie Martin, un peu circonspect.

— Un peu quoi ?

— Un peu… sombre, temporise Martin, en prenant le temps de regarder sa veste qu'il tient à bout de bras. Sombre, c'est ça.

— Oui, ou milicien, ou Waffen SS, sourit David. C'est vrai que c'est un peu sombre, comme tu dis, mais persuade-toi que notre côté forces spéciales s'arrête là et tout ira bien. Tiens, prends ce talkie-walkie et garde-le branché, tu ne devrais guère en avoir besoin mais il nous permet d'être en liaison directe avec les bureaux et ça peut être utile.

Martin regarde l'appareil. Il semble avoir été fabriqué au siècle dernier. Un vieux rossignol estampillé *made in Salvenia*. Martin relève la tête. David l'observe en souriant.

— Tu vois que derrière l'uniforme qui fait peur, la qualité du matériel laisse à désirer.

— C'est le moins qu'on puisse dire. Quel est l'intérêt de ce truc à l'heure d'internet et du téléphone sans fil ?

— C'est simple : tes communications échappent à tous les réseaux et à tout enregistrement possible.

— Dans le même genre, il y a les deux pots à yaourt et le fil, plaisante Martin.

— On va en parler à Novak !

Les deux hommes se marrent. Ils s'habillent en faisant plus ample connaissance. Puis, David guide Martin vers la zone d'accès restreint qui abrite les passagers et les véhicules en partance. L'endroit est puissamment éclairé, pour faciliter le trafic mais sans doute aussi pour faciliter la surveillance. Martin recueille le plus d'informations possible. David répond sans détour.

Ce soir, ils seront tous les deux en binôme, on attend peu de visiteurs. Le cirque de la rotation commence sur ce vaste espace ouvert à tous vents. Martin observe David guider les camions avec de grands mouvements de bras. Ils approchent doucement et quand ils sont à la hauteur de David, il les fait stopper et regarde autour et dessous avec sa torche. Il prend tout son temps. Martin le sent aux aguets.

— Tu fais quoi, là ?

— Je regarde s'ils ont les fesses propres.

— Très drôle… Tu cherches des clandestins ?

— On ne dira pas ça comme ça mais oui, soupire David en haussant les épaules, ça fait partie du job.

— Novak m'a prévenu. Il ne semble pas rigoler avec ça.

— Non, alors, je fais gaffe. Surtout ce soir, le boss est encore là ! Mais, les autres jours, je m'en fous. Je laisse passer tout le monde, plaisante David.

— Sérieusement ?

— Non, mais Martin, qu'est-ce que tu crois ?

— Je ne crois rien, mais je pensais à ces gars que j'ai vu errer dans les rues en arrivant. Ils ne semblaient pas être à Ouistreham pour y faire de vieux os.

David hausse les épaules.

— Tu t'y habitueras. Ils font partie du décor depuis des années maintenant.

— Et ce n'est pas dangereux ?

— Pas particulièrement.

— Pourtant, il y a eu un mort récemment.

— À qui le dis-tu. Puisqu'il était salvène, comme Novak, on a été assaillis par une horde de journalistes pendant une semaine. Ils nous sont tombés dessus comme la peste sur le bas-clergé.

— Et alors ?

— Alors, rien. Ce pauvre gars, on ne l'a pas retrouvé chez nous, tu sais. Son cadavre a été découvert à l'extérieur du site.

— N'empêche…

— N'empêche quoi ?

— Ces clandestins qui vivotent à Ouistreham, ils ne sont pas là en villégiature.

— Évidemment non. Ils rêvent tous de passer en Angleterre.

— Tu en rencontres parfois ?

— Si la question est : est-ce que je rencontre parfois des clandestins dans les rues de Ouistreham, la réponse est oui, ça arrive même tous les jours, tu t'en rendras vite compte, mais tu ne les approcheras pas, ce sont de vrais fantômes. Si la question est : est-ce que j'en rencontre ici, sur le bitume du quai d'embarquement, la réponse est plutôt non.

— Tu veux dire que ça arrive parfois quand même.

David sourit.

— Normalement, non, la zone a été sécurisée. Tu as dû voir les clôtures à l'entrée. Il y a des caméras aussi.

— Et des douaniers, non ?

— Plutôt des gendarmes, corrige David, en haussant les yeux vers le ciel.

— J'ai dit une bêtise ?

— Non, mais…

— Mais quoi ?

— On doit en avoir trois douzaines pour toute la région et pour la gare maritime, je ne te fais pas un dessin. Et puis…

— Et puis quoi ?

— Disons que lors de leurs patrouilles, certains pourraient avoir la surveillance poreuse…

Martin ne relève pas. David poursuit :

— Les gendarmes n'apprécient pas toujours les propos un peu méprisants du gouvernement britannique à leur égard.

Alors, parfois, ils ferment les yeux, rien que pour donner un peu de boulot à leurs collègues de la Perfide Albion.

— Tu penses qu'ils touchent des pots-de-vin ?

— Tout est possible, il y a des ripoux partout. Mais, chez les gendarmes, je n'y crois pas trop… Et puis, tu verras que bonne volonté ou pas, les plans des clandestins ne sont pas toujours faciles à déjouer. On en a vu jeter des échelles ou des matelas sur les barbelés pour passer au-dessus, se couvrir de vêtements pour que les capteurs ne les repèrent pas, ou – grand classique – se cacher dans des camions. De plus en plus souvent, ils se glissent incognito dans les coffres des voitures aussi. C'est pourquoi il faut être très attentif.

— Et si j'en vois ? Je fais quoi ? J'appelle la gendarmerie?

— Surtout pas, malheureux, rigole David. Tu préviens Novak ou ses sbires à l'aide de ton nouveau meilleur ami : le talkie-walkie. Tu ne les as peut-être pas encore vus mais nous avons toujours deux vigiles sur place, des copains de Novak, ils sont responsables de la sécurité du site, durant la nuit. Ils arriveront dès que tu auras donné l'alerte et je peux t'assurer qu'ils feront le ménage.

— C'est-à-dire ?

— Ils attraperont ton clandestin, le conduiront à la gendarmerie et on n'en parlera plus. La société SPB travaille en étroite collaboration avec les forces de l'ordre. Mais (David baisse d'un ton) pour tout t'avouer, moins on les voit sur le quai, mieux Novak se porte. C'est d'ailleurs mieux pour toi aussi.

— Pourquoi ?

— Novak te l'a sûrement dit. Tout faux pas est interdit avec les clandestins, sinon, c'est le renvoi immédiat. Pas sous ce prétexte-là bien sûr, mais on trouvera toujours une faute à te mettre sur le dos. Le patron tient trop à la réputation de sa boîte. Il ne supporte pas qu'on puisse supposer que son personnel touche un bakchich.

Martin enregistre, même s'il ne s'est jamais senti trop proche de l'autorité. Tout ce qui porte un uniforme aurait plutôt tendance à lui donner de l'urticaire, sauf William, son ami d'enfance, dont il est resté très proche même s'il est devenu gardien de la paix.

La première nuit se passe sans souci. Les voyageurs n'étaient pas très nombreux, les camions et les camping-cars non plus, et les deux crânes rasés de Novak sont restés discrets.

Avant de rentrer dormir dans sa datcha du bord de mer, Martin propose à David de boire un verre à la cafétéria de la gare maritime. David accepte mais préfère aller dans un bar tout proche. Le Sporting, un bistrot sans prétention avec toilettes au fond à droite, cacahuètes et *Ouest-France* sur le comptoir. Rapidement, les verres défilent, les tournées se succèdent et il vaudra mieux rentrer à pied pour finir une nuit qui, de toute façon, sera courte.

XIV
Le Shérif et Le Petit Tonio

— C'est huit euros.

— Combien ?

— Huit euros.

— Huit euros ????

— Oui, pourquoi ? Tu veux vérifier ?

— Non, non, ça va, mais ça fait cher le litre d'eau, je trouve.

— Peut-être, mais ta voiture sera propre.

— Je ne dis pas, mais bon…

Le conducteur, alias Le Shérif, reste au volant. Un peu agacé. L'autre, surnommé Le Petit Tonio, est toujours à l'extérieur, près de la caisse automatique. Il cherche huit euros dans ses poches.

La poche droite de son pantalon de costume bon marché est vide. La gauche contient un petit trésor de pièces de monnaie. De la ferraille beaucoup, mais aussi deux pièces de deux euros, une d'un euro et, tiens, surprise, une pièce étrangère. Il regarde de plus près. Il n'y comprend goutte mais le mot Salvenia rend l'origine de la pièce facile à déterminer. Il réalise qu'il a fait les poches du Salvène avant de partir. Enfin, juste pour vérifier car, dans un geste désespéré, le gars lui avait donné tout son argent. Il espérait sans doute qu'on le laisserait en vie.

Le naïf. Ça lui a rappelé ce western, avec Clint Eastwood croit-il, ou un dur à cuire dans le même genre. Il doit tuer un gars mais sa cible lui propose beaucoup d'argent pour tuer son commanditaire, il accepte ses dollars mais le tue quand même. *A deal is a deal*. Eh bien, l'autre soir, Le Petit Tonio s'est senti Clint Eastwood et il s'est bien amusé. Son compagnon de route aussi. Surtout lui d'ailleurs, c'est un amoureux du travail bien fait. Il le sait, il est déjà allé chez celui qu'on surnomme Le Shérif dans le milieu. Depuis le temps qu'ils travaillent ensemble, c'est bien normal après tout. Il l'a invité à déjeuner une fois avec sa femme. La sienne était là aussi. Un vrai repas entre collègues de boulot. Ils avaient visité la maison, *c'est lui qui a tout fait*, avait expliqué son épouse – parce qu'il ne vit pas à la colle, lui, il est marié, pas en concubinage – et franchement, c'est du beau boulot. *Malheureusement, il n'est pas souvent à la maison*, avait-elle fait remarquer. *Nos maris sont souvent sur la route, ça ne simplifie pas les choses*, avait complété sa dulcinée. C'était le printemps, il faisait beau, il faisait chaud, ils avaient pris l'apéritif dans le jardin. Il avait demandé un Ricard. Son partenaire, n'ignorant rien de son penchant pour la boisson jaune, avait acheté une bouteille spécialement pour l'occasion. *Je connais son goût pour l'anis, avec un « i »*, avait précisé son acolyte dans un de ces grands éclats de rire dont il a le secret. Il s'était bien marré aussi. C'est vrai que c'était bien senti, comme blague, et fallait avouer que dans ce domaine, son comparse était champion. Il avait toujours un lot de bons mots à disposition. Sa femme les trouvait un peu trop souvent placés en dessous de la ceinture. Elle avait modérément apprécié mais lui, il trouvait ça très drôle. C'était le week-end, quoi ? Il fallait bien se lâcher un peu.

Après l'apéritif, il s'était un peu lâché aussi, mais sur le pinard cette fois. Un bon petit vin des Pays de la Loire que son ami avait acheté sur place, chez un vigneron qui lui faisait des prix très intéressants, d'ailleurs, si ça les intéressait, il pouvait lui donner l'adresse.

Ils avaient accepté par politesse et il s'était dit qu'un jour, quand il se serait acheté le camping-car de ses rêves, ce serait une belle destination, les Pays de la Loire. Ce n'était pas très loin de chez eux et c'était beau, avait-il détaillé, en dégustant des brochettes que son ami avait fait cuire au barbecue. La viande était tendre à souhait. Le Shérif l'avait grillée juste ce qu'il fallait. Un délice ! La sienne était saignante, comme il l'aime, elle fondait sous la dent. Quand Le Petit Tonio y repensait, c'était vraiment une belle journée. D'ailleurs, en dehors des blagues salaces, sa femme avait apprécié, ça voulait tout dire.

Il pense qu'elle aurait moins apprécié la « salvène party », comme disait l'autre, même si la viande était tendre et saignante aussi – tiens, c'est marrant ça, il faudra la ressortir au collègue, se dit-il – mais bon, ce n'était pas la même chose. Là, c'était le boulot et il fallait avouer que le sien était particulier. D'ailleurs, il n'en parlait jamais à personne. Pas même à sa femme. Elle le croyait réparateur de photocopieuses. C'est pour ça qu'ils avaient toujours des ramettes de papier et des brochures techniques dans le coffre de la voiture, c'était parfait pour soigner les apparences.

Le Shérif tenait toujours aussi à ce que la voiture soit propre, c'était le minimum dans ce métier. Après un coup comme celui-là, il fallait rapidement effacer toute trace du passage d'un autostoppeur dans l'habitacle et dans le coffre.

Normalement, on ne devait pas remonter jusqu'à eux mais on ne sait jamais. Dans les séries télé, avec un bout d'ongle, la police scientifique retrouvait un assassin en une heure, pub comprise, alors il valait mieux se méfier et la méfiance passait par la karchérisation systématique de l'automobile après une mission.

Pour la dernière, ils ont réalisé un coup aussi fumant que spectaculaire. « On a agi avec la manière », estime Le Petit Tonio, en tirant de sa poche son paquet de cigarettes. Des Gitanes à paquet bleu.

XV
Martin

Quand Martin émerge d'un brouillard nauséeux, les rayons du soleil filtrent à travers les rideaux et redonnent un peu de jeunesse au papier peint de la chambre qui doit avoir le même âge que lui. Il ouvre péniblement les yeux, même la lumière d'automne est trop forte ce matin. À moins qu'on soit déjà le midi ? Martin sent qu'il a la bouche pâteuse et le cerveau dans l'arrière-cour. Il aimerait se lever mais son corps ne suit pas. Un coup d'œil au réveil et il retombe à plat sur le lit. Il décide de prolonger un peu sa nuit et se tourne sur le flanc. Pas moyen de redormir.

Quand il arrive enfin à s'extirper de sous la couette, il ressent une sérieuse envie de café et d'Efferalgan. Il avale les deux successivement et marche, le pas lent, vers le bourg de Ouistreham, tout proche. À l'intérieur, ça tangue sévère. Une eau pétillante lui fera le plus grand bien. Sitôt l'écluse franchie, une pharmacie lui tend les bras. Pour le café, il pousse un peu plus loin. Retour au Sporting. Il passe devant un couple de fumeurs qui, sur le trottoir, ose un audacieux mélange nicotine-air marin, et il entre.

Le patron, qui avait assuré le service la veille, n'est pas encore là. Il a cédé sa place à un type entre deux âges qui porte le cheveu long sur la nuque et un « Johnny » tatoué en lettres capitales sur l'avant-bras. Martin s'assoit au bar. Il commande un Perrier et ouvre le *Liberté* de la semaine, tout frais imprimé. Son regard est attiré par un article consacré à ce qu'on appelle désormais « Le drame de Ouistreham ». Un journaliste revient sur l'affaire et affirme que, selon des sources proches de l'enquête, le dossier sur le réfugié crucifié n'a guère avancé. Le barman s'approche, alors que Martin vide son verre jusqu'à la dernière goutte. Il glisse :

— Si vous voulez mon avis, les flics n'ont pas fini de ramer.

— Vous croyez ? demande Martin, un peu mieux dans son assiette et prêt pour une deuxième eau gazeuse qu'il commande d'un geste explicite.

— On voit que vous n'êtes pas du coin, vous.

— Pourquoi ?

— Allez tenter de taper la discute avec un migrant à l'haleine pestilentielle, vous allez comprendre votre douleur.

— On les dit pas bavards. Mais vous y allez un peu fort, non ?

— Non, c'est vrai qu'ils sont plus sales et nauséabonds que bavards. À moins que vous ne parliez le persan, l'afghan ou autre sabir du bout du monde. Et encore… Mais l'anglais, ils maîtrisent mal et le français, je ne vous en parle même pas.

— Normal, ils sont de passage, non ?

— Ce n'est pas faux. On ne traverse pas l'Europe pour venir visiter Ouistreham. Ça, c'était vrai en 44, quand les héros du commando Kieffer sont venus nous libérer.

— Ah, le commando Kieffer…

— Oui, le commando Kieffer ! Le chef des seuls Français à avoir débarqué en Normandie le Jour J. Et qui ont-ils choisi de libérer en premier ? Ouistreham, eh oui… Mais, aujourd'hui, tout a changé. Les gens font la croisière dans l'autre sens. Le jour J qui les intéresse, c'est celui qui leur permettra d'embarquer à bord d'un ferry et de rallier l'Angleterre, point barre. Vous savez pourquoi ? S'ils arrivent à passer, ils auront des aides une fois là-bas. Chez nous, ils auront juste droit à une reconduite à la frontière.

— C'est un peu réducteur, non ?

— Pour vous, sans doute. Pour eux, c'est la réalité. Allez interroger le pauvre gars qu'on a retrouvé accroché à des fils barbelés. Je ne pense pas qu'il était venu ici pour finir sur un étendoir.

— Vous le connaissiez ?

— Non, je l'ai sans doute vu passer devant la vitrine, lui comme d'autres. Vous savez, à Ouistreham, ils ne sont pas si nombreux que ça, même s'ils se sont multipliés en Normandie depuis quelques mois. On les voit marcher tout au long de la journée. On dirait des fantômes qui cherchent à se fondre dans les murs. Vous verrez qu'il n'est pas facile de leur soutirer un seul bonjour. Et je ne connais pas grand monde qui se risque à aller dans leur jungle.

— La jungle ? On n'est pas à Calais tout de même…

— Oui, mais ici, c'est comme ça qu'on appelle leur village, il est situé dans les sous-bois, à l'extérieur de la ville. C'est un ensemble bancal constitué de tentes, d'agglos, de cartons et de bouts de bois. Il n'y a même pas d'eau potable, vous imaginez l'hygiène ? Moi, je n'y laisserais pas mon chien mais eux, c'est là qu'ils attendent le grand départ. Enfin, ceux qui ne squattent pas dans la presqu'île de Caen… Leur jungle, c'est une sorte de tour de Babel posée à l'horizontale avec des gens de partout, des Syriens, des Erythréens, des Moldaves, des Ukrainiens, des Salvènes, des Afghans et j'en passe.

— C'est un camp ?

— Ah non, on n'est pas chez les niaks ici !

Provocation raciste ou remarque stupide ? Martin ne relève pas. Il cherche surtout à comprendre.

— Comment ça ?

— Vous ne lisez pas la presse ?

— Si, mais…

— Eh bien, du côté de la Birmanie ou un truc dans le genre, figurez-vous qu'on a découvert de véritables camps de prisonniers. Les passeurs y entassaient les candidats à l'émigration. Ils les affamaient, les tabassaient, se livraient même à des viols organisés et réclamaient surtout aux familles des rançons importantes pour les libérer.

Martin déglutit. Il pense à ses enfants. Dans quel monde pourri vont-ils grandir ? Il revient à ses préoccupations ouistrehamaises.

— Et elle est où, cette… jungle ?

— À l'extérieur de Ouistreham, mais pas trop loin du réseau routier pour leur permettre de grimper dans les camions sans aller trop loin. Ça vous intéresse ?

— Non, je demandais comme ça…

— Un conseil, n'y allez pas.

— C'est dangereux ?

— Disons que les rixes y sont fréquentes. Mais surtout, entre les passeurs pas faciles et les violeurs, croyez-moi, il faut éviter de se rendre là-bas.

— Des violeurs ? Vous ne croyez pas que vous exagérez un peu ?

— Demandez à la pauvre Canadienne qui a été violée près de Calais, en 2008. Elle vous dira si j'exagère.

Martin pique du nez sur sa tasse.

— Désolé, je ne savais pas.

— C'est une journaliste. Elle venait faire un reportage photo. Ce qui lui est arrivé, c'est… C'est dégueulasse. Pour moi, ces gars-là méritent la chaise électrique et rien d'autre.

— Oui, enfin, ici, on est à Ouistreham, pas à Calais ou Chicago.

— Ne vous méprenez pas, ce qui est arrivé là-bas peut arriver ici. Il n'y a pas de raison.

Un peu lassé par ce discours sécuritaire, Martin avale son Perrier, remercie « Johnny » et retourne à sa voiture, qui n'a pas bougé depuis son arrivée à Ouistreham. Il sourit en voyant deux quadras ou quinquas en bras de chemise, assoupis dans une bonne grosse Mercedes, garée à côté de sa vieille suédoise. Il cherche une cassette qui fera le voyage jusqu'au plus proche supermarché et démarre l'auto. Il achèterait bien de l'andouille, son péché mignon. Côté musique, ce sera *Boule de flipper* chanté par Corynne Charby et composé par un certain Daniel Bevilacqua alias Christophe.

Dans les rayons du Lidl de la route de Caen, il croise deux types au look SDF. Ils n'ont pas l'air bien vieux mais la fatigue et les épreuves ont dévoré ce qui leur restait de jeunesse. Teint mat, barbe de plusieurs jours, des vêtements qui passent rarement dans la machine à laver. D'évidence, ils ne sont pas du coin et ils ont fait du chemin avant d'échouer sur les bords de l'Orne. Martin s'approche. Ils parlent une langue incompréhensible pour lui, peut-être le persan qu'évoquait le bistrotier. Il continue ses emplettes. Quand il passe à la caisse, ses bouteilles d'eau sous le bras, ils sont juste devant lui dans la file d'attente. Il les voit compter l'argent au centime près. Leurs achats se limitent aux produits de première nécessité, génériques si possible, c'est moins cher. Ils ont mieux à faire de leur argent.

Martin repart vers son bungalow. Rapidement, il double les deux migrants. De loin, ils ressemblent à des clochards. Si personne ne fait rien pour eux, bientôt, ce seront des loques, se dit-il. Il pense à sa mère et se dit qu'elle ne les laisserait pas comme ça. Il s'arrête à leur niveau, ouvre sa vitre et demande :

— Vous voulez monter ?

Les deux gars le regardent à peine et continuent à marcher tout droit, comme si Martin n'existait pas. Il roule à leur hauteur sur quelques mètres. Il se fait klaxonner par un camping-car qui le rattrape mais qu'importe. Les deux hommes poursuivent leur marche silencieuse, sans se tourner vers Martin. La peur d'être repéré ou dénoncé sans doute. Martin n'est pourtant ni indic ni flic mais il ne leur en veut pas de se méfier. À leur place, il ferait sans doute la même chose. Au volant de sa vieille Saab, il a le sentiment désagréable d'être un enfant gâté à côté de jeunes à qui la vie n'a rien épargné. De guerre lasse, Martin appuie doucement sur l'accélérateur. Il s'éloigne. Bientôt, les deux piétons se font tout petits dans son rétroviseur. Il continue sa route tout seul.

Le soir venu, Martin repart au travail. David lui a donné rendez-vous au Sporting. David sirote un diabolo-grenadine quand il le rejoint.

— Jamais d'alcool avant le service, annonce-t-il d'emblée à Martin.

Ils prennent un café avant de rejoindre le vestiaire de la SPB. Ils ressortent tout de noir vêtus. La valse des camions et des camping-cars n'a pas encore débuté sur le quai. Ils se mettent en place. David est en première ligne. Il a prévenu son collègue intérimaire :

— On est en basse saison. Normalement, le boulot se fait tout seul, comme tu as pu le constater hier.

Avec autorité, David mène les camions par le bout de sa lampe torche. Martin prend le relais, en attendant de les autoriser à embarquer sur le ferry de la nuit.

Martin procède aux vérifications d'usage. Un camion frigorifique, un grumier, un combi VW occupé par un grand échalas tout roux et plutôt jovial, un 38 tonnes bâché… Tout s'enchaîne doucement jusqu'à ce que Martin remarque une chose inhabituelle. Il croit apercevoir une ombre suspecte à proximité d'un engin garé au milieu du parking. Martin est stupéfait. Il ne s'attendait pas à ça pour son deuxième soir ! Il s'aide de sa lampe torche pour éclairer l'endroit mais il en mettrait sa main à couper : un homme se cache près de l'engin. Une forme humaine, couverte d'un ciré kaki déchiré au coude. Martin s'en veut mais il ne peut s'empêcher de penser aux propos de l'employé du bar sur la possible dangerosité des clandestins.

— Un problème ?

Martin sursaute. David est arrivé dans le dos sans faire le moindre bruit. Martin lui explique qu'il a cru repérer un homme caché, un clandestin peut-être. Son collègue lui fait signe de ne pas bouger. Il se penche, presque au ras du sol, et confirme.

— Il y a un type là-bas, chuchote David. Je préviens les autres.

— Tu es sûr que c'est nécessaire ? Il ne faudrait pas plutôt appeler les gendarmes ?

— Je tiens à ma place, répond David, sourire amer à l'appui.

Il se saisit de son talkie-walkie. Un grésillement puis rien. David regarde le camion. Il répète la manœuvre. Rien. Il maudit l'appareil défectueux

— Saloperie de matériel salvène !

Il lance à Martin :

— Je cours jusqu'aux bureaux de la SPB. Pendant ce temps, tu arroses la zone avec le faisceau de ta lampe mais surtout, tu ne t'approches pas. Ce n'est pas notre boulot et ça peut s'avérer risqué.

— O.K., répond Martin, pas plus rassuré que ça.

David file en courant pendant que les autres poids lourds attendent patiemment un peu plus loin, le moteur au ralenti. « Ils doivent avoir l'habitude », se dit Martin. Mais pas lui qui se retrouve tout seul sur la plateforme. Seul face à un hypothétique danger et surtout, face à ses doutes. Les clandestins, ce ne sont pas ses affaires. Il les aurait même plutôt à la bonne, ces types qui fuient des milices armées, des extrémistes de tous poils, des empêcheurs de vivre heureux et qui rêvent simplement d'un avenir meilleur, ailleurs, loin de la guerre. Il regarde subrepticement derrière lui. Personne. David entre à peine dans le bureau, en partie caché par les camions. Il en ressort peu après, suivi des deux gros bras de Novak.

Même à distance, ils font peur à voir. Crâne rasé, look de milicien bas du front, batte de base-ball. Martin craint le pire pour le migrant à qui il n'a rien à reprocher.

Martin profite qu'ils contournent un camion et qu'il sorte de leur champ de vision pour ordonner à l'ombre mystérieuse de filer.

— Go ! Go !, ordonne-t-il. Rien ne bouge.

Joignant le geste à la parole, il éteint sa torche électrique. Quand il la rallume, c'est pour voir un homme hypnotisé par la lueur de sa lampe, comme un lapin tétanisé par la lueur des phares d'une voiture. Martin le dévisage. Il n'est pas jeune. Une petite quarantaine peut-être ? Le visage fatigué, le type bredouille :

— Pas appeler police ! Pas appeler police ! Eux nous tuer. Comme Viktor. S'il vous plaît, monsieur...

Cette fois, Martin n'hésite pas. Il tourne sa lampe vers le camion le plus proche et regarde ailleurs. Mais alors qu'il pensait que le type allait s'éloigner de lui, il voit son ombre se rapprocher à grande vitesse. Il est poussé brutalement en arrière. Dans sa chute, son crâne heurte l'asphalte. Martin est sonné mais il a le temps de tourner la tête pour voir la silhouette s'évanouir dans la nuit.

À peine se relève-t-il que David et les deux costauds sont à ses côtés.

Un coup d'œil suffit à Martin pour les classer définitivement dans la catégorie des pitbulls à éviter la nuit. Leur visage émacié et leur mâchoire serrée font froid dans le dos. L'un d'eux roule des yeux comme un fou furieux, en regardant aux alentours. C'est tout juste s'ils n'ont pas la bave aux lèvres…

Avec un fort accent de l'Est et sur un ton agressif, le plus grand demande :

— Où il est ? Où il est ?

Martin n'hésite pas avant d'indiquer une mauvaise direction.

— Je l'ai perdu de vue mais il est parti par-là.

Il pointe du doigt le ferry et les camions qui attendent. Le plus petit crache au sol, de rage. Les deux molosses foncent dans le brouillard, tout en prononçant des mots dans une langue que Martin ne connaît pas.

Ils courent se perdre au milieu des camions pendant que David aide Martin à se relever.

— Rien de grave ? demande David.

— Non, non, ça va, répond Martin en se frottant l'arrière de la tête. Une bosse peut-être mais dans deux jours, je n'y penserai plus.

— Tu veux voir un médecin ?

— Je suis là pour une semaine seulement, David, je ne vais pas demander un arrêt de travail. Et puis, j'ai vraiment besoin de mon salaire.

David n'insiste pas. Alors que les deux hommes s'apprêtent à retourner vers leurs postes, David se baisse. Il ramasse quelque chose qu'il tend à Martin.

— Tiens, Rambo, tu as perdu ça dans la bagarre.

Un peu sonné, Martin remercie sans réfléchir. Il se saisit de la chose, la glisse dans la poche de sa veste en feignant de ne pas s'y intéresser, et attend d'avoir retrouvé sa solitude du quai pour la regarder de plus près, aussi discrètement que possible.

C'est une pochette multicolore qui tient dans le creux de sa main. Elle semble contenir différents petits objets. Lesquels ? Martin n'en sait rien. Mais il est sûr d'une chose : il n'a jamais vu cette pochette de sa vie.

XVI
Martin

Le reste du service se passe sous surveillance. Les deux vigiles de Novak sont à cran. Ils ne sont pas restés longtemps dans les bureaux de la SPB, juste le temps d'alerter leur patron sans doute, puis ils sont ressortis pour patrouiller sans relâche sur le parking, comme excités à l'excès par l'apparition fugitive de cet homme mystérieux. Le seul regard qu'a pu échanger Martin avec eux ne lui a pas donné envie de séjourner en Salvénie. Encore moins avec eux…

Le ferry parti vers l'Angleterre, la nuit et le silence s'emparent du quai de Ouistreham. Martin rentre au vestiaire avec David. Il a toujours le petit sac dans sa poche mais, pour une raison qui lui échappe, il préfère ne pas dire à David que ce n'est pas à lui.

— Ça va mieux ?

— Couci-couça, commente Martin en massant son épaule et son crâne douloureux.

— C'est les risques du métier, charrie David. Tu en verras d'autres.

— Je n'espère pas.

— On dit ça, mais regarde, je t'assure que j'en ai vu d'autres en quinze ans.

— Quinze ans à Ouistreham ?

— Ah non, cinq seulement. Avant, j'étais à la P&O, à Cherbourg. Ces problèmes-là commençaient tout juste à apparaître. À l'époque, c'était des Roumains ou des Chinois…

Le regard de David se perd dans le ciel étoilé.

— On se fait à cette vie hors du temps. On finit même par l'apprécier.

— Après ce que j'ai vécu ce soir, je n'en suis pas sûr.

— Ce n'est rien, ça. Malheureusement, mais je ne te le souhaite pas, tu risques de voir bien pire.

Martin le regarde, interrogatif. Le visage de David s'est brusquement assombri.

— Les clandestins, tu sais, ce n'est pas toujours comme ce soir. Parfois, tu mets le pied sur une tête ou sur une jambe en inspectant un camion. Certains sont vraiment prêts à tout pour passer. Des gens ont été retrouvés asphyxiés dans les remorques.

— Le gars retrouvé mort accroché au fil barbelé d'un champ, ce n'est pas terrible non plus.

David le coupe d'un geste et prend le temps de le dévisager.

— Je t'arrête tout de suite. Je ne peux pas croire que ce soit lié à une affaire se déroulant chez nous. Mon avis, c'est que c'est une histoire de clandestins entre eux… Mais cette mise en scène affreuse, à proximité des bureaux de la SPB, ça sème forcément le trouble.

— Pourquoi ?

— Eh bien, j'ai entendu dire que pendant la guerre en Salvénie, on exhibait parfois les cadavres de ses ennemis comme ça. Pour effrayer le camp adverse.

— Et alors, tu crois que Novak…

— Non, Novak était trop jeune. Il n'a pas participé à la guerre civile salvène. Ça se saurait…

David observe rapidement autour de lui avant de reprendre la parole.

— Mais ses vigiles, c'est moins sûr. Ces gars-là ne sont pas faits du même bois que toi et moi. Je ne suis pas sûr qu'ils aient laissé un bon souvenir en Salvénie. Je les ai vus. Ils peuvent être brutaux avec les clandestins. Cruels même. Et puis, il y a le père de Novak. Dragan…

— Qu'est-ce qu'il a, son père ?

— Apparemment, à l'époque, ce n'était pas un enf…

David s'est tu brutalement. La porte du vestiaire vient de s'ouvrir. L'un des deux crânes rasés, le petit tatoué, pénètre dans le local. La température baisse de quelques degrés et le courant d'air n'y est pour rien. Il ne regarde ni David ni Martin, prend une veste accrochée dans un placard ouvert et ressort. Avant de quitter la pièce, il se retourne et leur dit avec un accent rocailleux :

— Le service est fini, rentrez chez vous.

David regarde la porte fermée en souriant. Martin prolongerait bien la conversation mais David esquive en lui adressant un clin d'œil :

— Ah non, excuse, mais ce soir, il faut que je file. Demain à l'aube, j'ai le livreur de fuel qui se pointe… Ciao !

Martin reste seul. Le petit sac est toujours dans sa veste. Il est tenté de l'ouvrir mais non, pas maintenant, pas ici. Il n'a pas envie de rester à proximité de ces deux vigiles qui ne lui disent rien qui vaille. Il le met dans la poche de son vêtement personnel et quitte la plateforme.

En sortant de la gare maritime, il rebranche son téléphone portable, coupé pendant le travail. Il tapote « Borovic » et « SPB » sur son moteur de recherche préféré. Quelques liens renvoient vers la création de la société de Novak ou le fameux « drame de Ouistreham », mais Martin n'apprend rien sur son patron. Associant le nom de son employeur au mot « football », il découvre de multiples références qui font revivre son passé footballistique. Avant de diriger une société de protection et gardiennage, Novak a bien joué au Havre, en Ligue 2, où il a d'ailleurs bouclé sa carrière sportive. Si on remonte plus loin encore, il a évolué en Série B italienne, sans jamais réussir à s'imposer au niveau supérieur. Il était talentueux mais bien trop explosif et imprévisible pour briller au sein des plus grandes formations européennes. Les principales lignes de son palmarès, il les a écrites en Salvénie, lorsqu'il jouait au Lokomotiv Skudia, présidé par son père, Dragan.

Avant de chercher Dragan Borovic sur internet, Martin a l'idée d'envoyer un SMS à William, son ami simple flic. « Salut Will, as-tu des choses sur la mort du Salvène de Ouistreham ? Connais-tu un certain Novak Borovic ? Ou son père Dragan ? » La réponse tombe après quelques secondes : « Je suis de service, sur une scène de ménage pas piquée des verres (sic), on se fait signe demain après-midi. Rendez-vous chez Emmaüs. »

William connaît les goûts et les habitudes de Martin. Il sait qu'il se rend régulièrement chez Emmaüs, avec l'espoir de dénicher un petit meuble pas cher ou, surtout, des cassettes des années 80 qui feront les belles heures de son Walkman. Et puis, chez les compagnons de l'Abbé, on peut discuter tranquillement, sans crainte d'être écouté.

Martin répond favorablement à la proposition de William et pianote sur son téléphone pour en savoir plus sur ce mystérieux Dragan Borovic. Le nez sur son écran, il avance sans remarquer la Mercedes garée de l'autre côté de l'écluse, à deux pas du vieux bâtiment de la Société nationale de sauvetage en mer. En revanche, il découvre que l'homme vivrait en France, après avoir été homme d'affaires dans son pays, président de club de foot et chef de meute pendant la guerre.

Martin se souvient du conflit qui a déchiré la Salvénie voilà quelques années, laissant le pays exsangue. Des communautés se sont entretuées. Des milices ont multiplié les exactions au nom d'une certaine pureté de la race et de la « débâtardisation » du pays. Il redécouvre que certaines ont commis d'abominables crimes de guerre, souvent restés impunis, et ont rivalisé d'imagination pour rendre toujours plus spectaculaires leurs exécutions sommaires. L'une d'elles consistait à pendre ses victimes contre le tronc des arbres, les bras attachés à l'horizontale, dans une posture christique.

Parmi les partisans de cette mise à mort singulière, figurait une milice commandée par un dénommé Dragan Borovic. Après la guerre, il a été condamné à quelques mois de prison par un tribunal international, une peine si légère qu'elle a provoqué un tollé parmi ses détracteurs. Cela n'a pas empêché Dragan de mener ensuite une carrière prospère dans son pays. S'il l'a quitté quelques années plus tard, c'est uniquement parce que la Salvénie a basculé aux mains des fondamentalistes religieux et que les gens comme lui n'y étaient plus les bienvenus, à moins d'être candidats à la lapidation ou à la décapitation publique. Selon un site d'informations, Dragan serait alors parti à l'Ouest, sans doute en France, où vivait son fils footballeur. Depuis, il se fait discret. En poussant la porte de son bungalow, Martin se demande, avec amusement, si Dragan n'est pas lui-même un clandestin.

XVII
William

Le lendemain, sous un doux soleil d'automne, Martin se rend chez Emmaüs, au château de Tailleville, à Douvres-la-Délivrande. Au centre de la vaste propriété dédiée aux disciples de l'Abbé, une élégante maison de maître datant du XIXe siècle, entourée de constructions beaucoup plus récentes et beaucoup plus fragiles. Des préfabriqués dans le meilleur des cas. C'est là qu'on vend, à prix sacrifiés, des objets de seconde main qui aideront les Compagnons à faire un bout de route et à garder l'espoir dans un monde qui les a rejetés.

Martin connaît la boutique. Il y vient régulièrement quand il passe à Caen. Il traverse la pièce réservée aux meubles, en bois de préférence, qu'il n'aura jamais la place de mettre dans son petit logement de pêcheur de Grandcamp-Maisy. Il se retrouve dans la cour intérieure et entre dans un bungalow couvert de tôle ondulée, son saint des saints, le local à vinyles et surtout, à cassettes. Il salue le Compagnon cabossé de l'entrée et se rend directement dans son endroit fétiche. Pas besoin de GPS, Martin connaît la maison.

Les cassettes sont entassées dans une grande malle. Ensuite, c'est au petit bonheur la chance. Il suffit de chercher. La poussière s'empare progressivement de celles qui ne trouvent pas preneur. Ça rend plus facilement identifiables celles qui viennent d'arriver. Comme un rapace qui a repéré sa proie, Martin jette un œil circulaire et connaisseur sur le stock du moment et plonge les mains dedans, des fois qu'un petit trésor sur bandes magnétiques y serait caché. Après quelques secondes de fouille infructueuse, il reçoit un petit coup d'épaule ponctué d'un :

— Alors, tu as trouvé du Serge Lama ?

Martin se retourne. William est là. Pantalon large, chemise bariolée et chèche de bobo négligemment noué autour du cou. William s'aime.

— Moque-toi, répond Martin en lui donnant l'accolade. J'ai mieux.

Il exhibe une cassette poussiéreuse d'Alain Bashung, première période. William regarde d'un œil curieux avant de s'exclamer :

— Hey, c'est un pirate ou quoi ? Il y a une faute sur la pochette !

— Oui, c'est une cassette pirate. Mais ça n'empêche que Bashung s'écrivait Baschung à ses débuts. Il n'y a pas de faute. C'est son vrai nom…

— Je ne savais pas.

— Tu devrais te renseigner. C'est ton métier, non ?

— Excuse-moi, Marty, tu sais, moi, à part Bruce…

— Laisse tomber, j'ai cherché, aucun Springsteen à l'horizon.

William amorce une moue.

— Le monde est cruel.

— C'est justement pour m'en parler que tu es là, non ? Alors, déballe tout avant que je retourne au travail, qui est ce Dragan Borovic ?

— Hey, doucement, je viens à peine d'arriver ! Dis-moi plutôt pourquoi tu t'intéresses à lui ?

— C'est le père de mon patron.

— T'as un boulot, toi ? sourit William.

— Oui, enfin pour une semaine.

— Je me disais aussi… se moque l'ami d'enfance, qui sait très bien pourquoi Martin ne jure que par l'intérim. Où ça ?

— À Ouistreham, au service du fils Borovic justement.

— Chapeau, les fréquentations ! Et pour tes vacances ? Tu prévois une semaine au bord de la piscine de Pablo Escobar ? À moins que tu préfères un stage de tir en Ossétie du Sud ?

— Très drôle… Non, j'espère juste pouvoir passer du temps avec mes enfants et c'est précisément pour ça que je prends ce qui vient comme contrat. Alors, Borovic ou un autre, je te l'avoue, je m'en fiche un peu…

— Ne t'énerve pas, je vais t'expliquer. Mais, là, tu fais fort…

— Raconte.

— Pas besoin de te rappeler l'horrible guerre qui a ravagé la Salvénie il y a quelques années. C'était à deux heures de chez nous mais la communauté internationale a préféré compter les points plutôt que d'intervenir. Il a fallu que les photos des massacres des civils choquent l'opinion publique et provoquent des manifestations partout en Europe pour que ça bouge enfin au plus haut niveau. Là-bas, les crimes de guerre ont malheureusement été légion, comme dans tous les conflits de ce genre.

— Comme à chaque fois que ton voisin d'hier devient ton ennemi d'aujourd'hui…

— Exactement. Sauf que cette fois, des groupes de combattants ont rivalisé de cruauté et crois-moi, à côté d'eux, les Hutus et les Tutsis, c'était Titi et Grosminet.

Martin se tourne vers son plus vieil ami et le dévisage, comme s'il venait d'apprendre qu'il était doté de pouvoirs maléfiques.

— Un peu de compassion pour leurs victimes s'il te plaît…

— J'en ai, j'en ai, c'est juste que si on ne rit pas un peu avec ça, on se suicide direct. Parmi les militaires ou pseudos-militaires qui se sont engagés là-bas, certains combattaient vraiment. D'autres s'attaquaient surtout aux civils pour faire peur et faire fuir les indésirables hors de Salvénie. Plusieurs avaient pour particularité de pendre leurs victimes…

— … aux arbres, les bras attachés à l'horizontale, je suis au courant, je suis allé sur internet hier soir.

— Alors, tu sais aussi que l'un de leurs commandants s'appelait Dragan Borovic. C'était une sorte de seigneur de la guerre, avec un « a » ou un « e », tu choisis. Le genre de sadique qui, une fois que la guerre est finie, se pose en grand stratège alors qu'il n'a rien fait d'autre qu'affronter des groupes sous-armés, violer des femmes et des enfants, pendre des grands-mères… Un courageux, quoi !

— Qui n'a pas vraiment été puni…

— Oh, si, il a été enfermé brièvement, histoire de rassurer tout le monde, mais rien de bien méchant en comparaison de ce qu'il a fait. Il avait des alliés à l'Ouest et il était resté très populaire dans son pays. Après un court passage en prison, il a aussi, tu t'en souviens peut-être, présidé le Lokomotiv Skudia qui a été plusieurs fois champion de Salvénie et a, régulièrement, disputé les coupes d'Europe de football, sans jamais aller bien loin d'ailleurs mais on n'est pas là pour parler ballon. Aujourd'hui, il vit officiellement en France. Il a une adresse dans les Vosges. Mais, à vrai dire, les RG ne le voient pas souvent dans le coin. Je me suis renseigné…

— Il serait où ? Ici, peut-être ?

— On ne sait pas, il est d'une discrétion exemplaire.

— Et son fils ? Il est plutôt discret, non ?

— Aujourd'hui, oui, quand il était footballeur pro, c'était autre chose.

— C'est-à-dire ?

— Eh bien, nous allons finalement discuter ballon rond, « mon cher Thierry »… charrie William. Sur les terrains de football, à part les arbitres, personne n'a rien à lui reprocher, je crois. C'était un espoir salvène mais son caractère de fou furieux lui a beaucoup nui. Il était ingérable et rapidement, personne n'a plus voulu de lui. Il a brillé dans son pays où il a obtenu quelques titres au Lokomotiv Skudia, merci papa.

Puis, fort de sa petite renommée, il a tenté sa chance en Europe de l'Ouest mais il n'a jamais décollé. Après une vie de nomade, il a fini au Havre mais il a davantage usé ses fonds de culotte sur le banc des remplaçants que ses crampons sur les terrains. Personne n'osait le faire participer à un match. La plupart de ses apparitions étaient sanctionnées d'un carton, jaune le plus souvent, rouge les soirs de fête.

— Et ?

— Quelques mois après avoir pris sa retraite sportive, il a lancé une société de protection, sous son nom – Borovic est un gage de qualité dans le milieu. L'entreprise est comme sa carrière. Elle a été prometteuse mais elle tarde à percer.

— Il a quand même décroché le marché du quai de Ouistreham.

— Oui, et ça en a surpris plus d'un. Car, franchement, il ne faisait pas le poids face à certains de ses concurrents. On chuchote qu'il doit l'obtention de ce marché à certains élus bien placés ou à des appuis plus… obscurs.

— La mafia salvène ? demande Martin en plissant les paupières.

— Oui, par exemple. Après la guerre, elle s'est répandue dans toute l'Europe. La plupart de ses membres avaient participé au conflit et ont enchaîné sur un certain nombre de trafics. Apparemment, ils ont tendance à vouloir imposer leurs lois. Mais ici, curieusement, rien.

— Tu penses qu'il a versé des pots-de-vin ?

— C'est une éventualité, évidemment, mais on ne le saura sans doute jamais… Je pense aussi que les gens ont été touchés par ce qui lui est arrivé en Salvénie.

— Que s'est-il passé ?

— Sur les conseils de son père, il y avait créé une antenne de la SPB. La filiale tournait correctement – merci papa bis – et elle a vite surpassé l'entreprise d'origine. Mais il a tout perdu quand son pays a basculé aux mains des barbus. Il ne lui reste plus que la France et c'est là qu'il tente de se refaire une santé. Sur le plan personnel, il a même dû accueillir toute sa famille dans notre beau pays des Droits de l'homme et des criminels en fuite. Il est des savoir-faire dont la France ne veut pas se priver.

— Merci fiston ?

— On peut dire ça.

— Le séjour de Dragan est officiel ?

— Tout ce qu'il y a de plus officiel, certifie William. D'ailleurs, on n'a rien à lui reprocher sur le territoire français et il a payé pour ses crimes passés, alors tout va bien. Il peut faire ce qu'il veut de ses journées.

— Tout va bien, c'est une façon de parler. Tu oublies le type qu'on a retrouvé pendu aux barbelés il y a quelques jours.

— Je ne l'oublie pas. Mais rien ne prouve que ça a un rapport avec Dragan ou la SPB. Au contraire…

— Qu'est-ce qui te fait dire ça ?

— Franchement, tu crois que Novak, ou même son père, s'il est dans les parages et s'il n'a pas rendu les armes, commettrait l'erreur de pendre un gars comme au bon vieux temps ? En France ? Aujourd'hui ? À deux pas des bureaux de son fils ? Ce n'est pas sérieux…

— Et si la victime était un clandestin qui avait tenté de leur échapper en montant illégalement sur un ferry en partance pour l'Angleterre ?

— On peut tout imaginer. Tout ce que je peux te dire, c'est que la SPB est une société qui ne fait pas de bruit et à qui nous n'avons rien à reprocher. Mieux, les interpellations de clandestins ont doublé depuis qu'elle est présente sur le quai de Ouistreham.

— Tu m'étonnes, les deux gugusses de Novak peuvent chasser à loisir le clandestin sur le parking. C'est un vrai terrain de jeu pour eux. Ils auraient tort de se priver…

— Ne dis pas n'importe quoi. Mais il est vrai qu'ils sont d'une redoutable efficacité.

— Et ils font votre boulot…

— Je te rappelle que notre police est républicaine et que mon boulot, comme tu dis, ne consiste pas à chasser le clandestin.

— Si ce n'est toi, c'est donc ton frère gendarme. Mais alors, qui a pu tuer ce pauvre type ?

— Je ne suis pas chargé de l'enquête, qui n'avance pas autant qu'on le dit, d'ailleurs.

— Quelqu'un voudrait déstabiliser Novak ? La police ?

William se marre.

— Ben voyons, la police qui tue, on aura tout entendu…

— Ça arrive.

— Tu as abusé du vin blanc avant de venir ou quoi ? Le policier français, ce n'est pas l'inspecteur Harry.

— Demande aux parents de Rémi Fraisse, on verra s'ils sont de ton avis.

— Oh, tu me saoules ! Et puis, ça n'a rien à voir. Sivens, c'était les gendarmes, pas nous. Et tu verras qu'il y aura non-lieu, il ne peut pas en être autrement. Non, mais qu'est-ce que tu vas imaginer ? Parfois tu dérailles complètement, mon pauvre Martin… Bon, tu les as trouvées tes cassettes du XXe siècle ?

— Oui, tiens, celle-là, je te l'offre.

William prend la cassette. Il regarde. Il rigole. The Police. *Ghost in the machine*, 1981. Son pote l'énerve souvent. Mais il reste son pote. Ils filent vers la caisse. Martin paie après une bourgeoise blonde à lunettes qui dit sa joie de faire une bonne action en venant acheter chez Emmaüs plutôt qu'ailleurs. Elle a le sentiment d'aider les nécessiteux, dit-elle, au chahuté de la vie posté à l'entrée. *Elle a surtout envie de faire des affaires*, commente-t-il, pas dupe, une fois qu'elle a tourné les talons. Martin et William sont d'accord. Ils sortent en singeant cette cliente, comme deux ados qu'ils sont un peu restés malgré le temps qui passe.

Arrivé sur le parking, Martin se dit qu'il n'a pas encore évoqué la découverte du pochon sur le quai. Alors qu'il s'apprête à le prendre sur le siège du passager de sa Saab, le téléphone de William sonne. L'ami policier adopte tout de suite un ton autoritaire pour prononcer plusieurs « oui » suivis d'un « J'arrive » péremptoire. William s'excuse mais il doit partir sur-le-champ. Martin lui fait promettre de se renseigner un peu plus sur le pendu avant qu'ils ne se quittent sur un « On se rappelle » de rigueur.

XVIII
Gisèle

Martin arrive à Ouistreham bien avant sa reprise du boulot. Il a le temps de passer à son bungalow. Sous la lueur de la lune que cache un chapelet de nuages pressés, il emprunte le chemin cabossé menant à sa cahute.

Il roule cahin-caha et gare sa voiture le long de la clôture déglinguée. Le portillon du jardinet négligé bat au vent, reposant sur ses seuls gonds rouillés. Martin n'en est pas certain, mais il pensait l'avoir fermé avant de partir. Un peu sur ses gardes, il approche sans bruit. Il pousse doucement la porte. Elle n'est pas verrouillée. Pourtant, il jurerait avoir tourné la serrure à double tour avant de partir. Méfiance. Martin décide d'entrer tout en cherchant dans sa poche un objet pour se protéger en cas d'attaque. Rien. Il ouvre et entre. Dans sa tête, les histoires de pendu et de clandestins se mêlent et encombrent son cerveau d'images anxiogènes qu'il tente de repousser.

Sur la table la plus proche de la porte, il attrape un phare d'une trentaine de centimètres, recouvert d'un abat-jour en laine fait main, du temps de Valéry Giscard d'Estaing. Peut-être pas du grand art pour la décoration intérieure, mais ça fera une efficace matraque en cas de besoin. Martin tend l'oreille. Il est certain d'entendre du bruit dans le coin-cuisine. Il visualise mentalement l'agencement de la pièce. Table, chaises, placards… Aucun endroit pour se cacher. Il faut qu'il y aille franchement. Pour surprendre son éventuel visiteur, il décide d'attaquer le premier. Le bras levé et le phare au-dessus de la tête, il avance à grands pas vers le coin de la pièce et découvre une silhouette à casquette américaine sombre, accroupie, face au frigo. Un clandestin affamé ?

Martin garde la lampe bien en main, à hauteur d'épaule, prêt à frapper. Il prend un ton ferme et décidé :

— Qu'est-ce que vous faites ici ? Levez les mains doucement.

La silhouette se fige, obéit, se relève doucement, se retourne et fait face à Martin. Un sourire radieux inonde un visage féminin très avenant.

— Posez la lampe, il fait encore jour et en plus, elle n'est pas branchée.

Martin regarde sa main au bout de laquelle pend lamentablement son phare-matraque. Il se sent un peu ridicule. Pas de table à proximité. Il fait glisser la lampe dans son dos. La femme lui tend une main fine. D'une voix mélodieuse à vous donner la chair de poule, elle se présente :

— Gisèle, enchantée.

Martin ne l'imaginait pas du tout comme ça. Un peu emprunté, il bredouille :

— Ah oui, Gisèle ! Excusez-moi, je suis Martin…

— Je m'en doutais un peu, sourit-elle avec bienveillance.

— C'est vous qui…

— Oui, c'est moi qui ai proposé ce logement de fortune à Liliane. C'est la modeste résidence secondaire d'une amie parisienne. Je venais voir si tout allait bien et comme vous n'étiez pas là et que j'ai un double des clés, j'en ai profité pour regarder le frigo, il avait un problème de lumière, l'été dernier.

— J'ai remarqué, mais ce n'est pas grave, je m'en accommode.

— Je devine puisque vous êtes encore là. Et le boulot, ça va ? Vous vous en accommodez aussi ?

— Eh bien, oui, je ne vais pas me plaindre. Ce n'est pas le job de mes rêves mais ça dépanne. C'est juste pour une semaine.

— Oui, je suis au courant de votre situation.

— Ma mère bien sûr…

Gisèle part d'un rire enfantin. Elle ôte sa casquette qui libère une queue-de-cheval noire comme la nuit.

— Oui, Liliane. C'est vrai qu'elle parle beaucoup !

— Je ne peux pas vous contredire…

— Ce serait difficile, mais c'est une femme formidable, vous savez. Vous avez une chance folle d'avoir une mère qui soit autant à l'écoute des autres.

Martin s'interrompt et essaie de se montrer un tantinet cordial, maintenant qu'il est rassuré sur la nature de cette visite.

— Mais asseyez-vous, je vous en prie, vous êtes aussi dans le social ? Vous prenez un verre ?

— Deux fois oui. Je veux dire, oui pour le verre – un blanc frais, s'il vous plaît, j'ai repéré une bouteille dans le frigo – et oui pour le social, enfin, ici, c'est plutôt de l'humanitaire.

— Vous faites quoi exactement ?

Martin n'a pas fini de poser sa question que Gisèle, spontanément, a sorti deux verres d'un placard et les a posés sur la table, d'un geste aussi rapide qu'assuré. Elle connaît très bien la maison, se dit Martin alors que Gisèle se lance dans un long exposé qu'il écoute sans déplaisir.

Gisèle rayonne de passion. C'est une fort jolie brune aux yeux clairs, au sourire joyeux et au rire léger. Elle porte bien ses 30 ans. Il rit intérieurement : bien lancée, elle est aussi prolixe que sa mère. Mais il ne va pas s'en plaindre. Gisèle est le genre de fille que l'on écouterait volontiers lire les pages de l'annuaire.

Elle lui explique qu'en tant qu'infirmière libérale, elle sillonne les routes du secteur et croise souvent des âmes fantômes le long des routes, quand elles arrivent ici afin de tenter leur chance de passer en Angleterre. Elle les voit aussi quand elles ont échoué. Un jour, alors qu'elle n'avait jamais pris le temps de s'intéresser plus que ça à ces pauvres hères, elle en avait pris un en stop. Un Albanais, c'était surtout des Albanais au début, décrit-elle, même s'il y avait aussi des Iraniens, des Afghans et quelques Africains. Il avait essayé de grimper à bord d'un camion lituanien au moment où il démarrait. Il avait opté pour la méthode la plus courante : découper la bâche de la remorque au cutter, glisser son sac à l'intérieur et embarquer. Mais au dernier moment, son pied avait glissé. L'homme était tombé sur la chaussée et s'était retrouvé sur les fesses, la cheville en vrac. Son sac était parti sans lui. Quand Gisèle l'avait doublé, il rentrait au village en boitant – une sacrée trotte – et semblait frigorifié, il avait des traces de boue à mi-mollet et s'aidait d'une longue branche de bois pour supporter sa peine.

— J'étais très en colère : je venais d'entendre à la radio que le gouvernement avait décidé de fermer le centre de réfugiés de Sangatte, ça m'avait mise hors de moi. Croit-on qu'en faisant disparaître un camp, on fait disparaître les migrants qui l'habitent et qui ne rêvent que d'Angleterre ?

Martin hoche la tête.

— Trop, c'était trop. Alors, je me suis arrêtée. Il ne faisait pas de stop mais je me suis arrêtée quand même. Je ne pouvais pas faire autrement. C'était plus fort que moi.

Gisèle avait tout de suite compris dans quelle difficulté se trouvait cet Albanais. Elle l'avait invité à monter dans sa voiture. Il était très surpris par sa proposition mais il ne s'était pas fait prier, il ne pouvait quasiment plus faire un pas. Dans l'anglais approximatif qui était le leur, elle lui avait proposé de le conduire au CHU de Caen mais il avait répondu par un refus. Il avait trop peur qu'une hospitalisation se termine par une reconduite à la frontière. Elle lui avait alors expliqué qu'elle était infirmière et qu'elle pouvait le soigner à son domicile s'il préférait. D'abord incrédule, il avait finalement accepté. Il avait trop mal.

— En essayant de dialoguer un peu avec lui, j'ai compris que j'étais finalement la première Française à lui accorder un peu d'intérêt. Non que les autres ne voulaient pas, mais il refusait l'aide des associations caritatives locales. Il avait peur d'attirer la gendarmerie ou d'être dénoncé, un sentiment largement partagé ici.

Gisèle l'avait hébergé chez elle, quelques jours au chaud, puis elle l'avait accompagné dans la jungle. C'était la première fois qu'elle allait là-bas. Elle était venue avec un grand thermos de café et de la nourriture plein les bras. Les migrants l'avaient regardée avec curiosité, étonnement et, pour certains, un peu d'animosité. Mais son hôte albanais avait rassuré tout le monde.

Elle regarde Martin dans les yeux, avant de poursuivre, d'un ton déterminé :

— Ce jour-là, j'ai plongé dans la précarité de leur vie de candidats au grand passage vers l'Angleterre. J'ai réalisé qu'ils ont tous été chassés de chez eux ou qu'ils ont tout abandonné, leur maison, leur famille, leurs amis, pour avoir une nouvelle chance. Ils n'imaginent pas qu'une fois arrivés ici, on les traitera comme des chiens.

C'est comme ça qu'elle avait fait son entrée dans le monde des clandestins. Découvrir cet univers caché avait été une révélation. Progressivement, elle avait passé de plus en plus de temps auprès de ces gens méprisés, sans toit, sans personne pour panser leurs plaies. Comme elle n'était pas la seule à agir en faveur des démunis, elle s'était associée à d'autres afin de créer un collectif qui aide les clandestins.

— La Croix-Rouge est là, mais ça ne suffit pas, affirme-t-elle. Depuis deux ans, elle avait tout fait pour changer les choses, en particulier sensibiliser le public et les élus à sa cause. Elle rêve d'un lieu où ces malheureux pourraient rencontrer des interprètes et des professionnels de l'accompagnement mais à l'entendre, le combat est ardu.

Deux fois par semaine, elle sert des repas aux clandestins dans une salle municipale chauffée que lui prête la municipalité, à la périphérie de la ville, car le maire refuse les maraudes et les distributions dans la commune. Il veut affirmer qu'ici, on ne passe pas. Elle se rend aussi régulièrement au village pour soigner les petits bobos. Mais ce n'est pas toujours facile. Il y a ceux qui arrivent et ceux qui partent, les passeurs dans l'ombre, les querelles intestines… Et les migrants sont toujours plus nombreux.

— Ce qui prouve bien que contrairement à ce que veulent nous faire croire les pouvoirs publics, ça passe, à Ouistreham. Sinon, ils ne viendraient pas ici, affirme Gisèle.

— C'est violent, le village ? l'interrompt Martin.

— Oui, évidemment. Des coups sont parfois échangés. Mais rien de très grave en général. Le village, c'est surtout beaucoup de douleurs et d'espoirs déçus.

— Pourtant, il y a eu un mort voici quelques jours. Un homme a été retrouvé pendu à un arbre. C'est très grave, non ?

— Oui, je sais, répond Gisèle, un voile de tristesse dans les yeux. Mais si vous voulez mon avis, la mort de Viktor – car il s'appelait Viktor, vous le saviez ? – c'est une affaire strictement salvène. Ça n'a rien à voir avec le village. Je suis persuadée que c'est la triste conclusion d'un litige qui a commencé là-bas et qui n'a pas été réglé à l'époque. Il l'a été chez nous, de la pire des façons. Le choc chez les clandestins a été effroyable.

Martin regarde la pendule posée au mur. Il doit partir. Dommage, il aurait bien prolongé ce petit entretien avec Gisèle, et pas seulement pour parler de Viktor. Il tousse discrètement en regardant ses chaussures.

— Excusez-moi, Gisèle, mais l'heure est venue pour moi de rejoindre le quai d'embarquement des ferries.

— Oh, bien sûr, pardonnez-moi, je n'avais pas vu le temps passer. Je dois, moi aussi, donner mes derniers soins à domicile de la journée.

Martin se lève, il lui tend la main, Gisèle la joue. Elle sourit.

— Venez nous voir à la salle des fêtes si vous voulez, il y a distribution après-demain midi.

— Pourquoi pas ? répond Martin.

Au fond de lui, il sait déjà que c'est oui. Il regarde Gisèle s'éloigner de la maison. Démarche souple et élégante. Gisèle a décidément beaucoup de charme. Les deux jours vont être longs.

XIX
Martin

Martin arrive au boulot avec un peu d'avance. Il enfile ses fringues noires avec toujours ce sentiment désagréable d'intégrer une milice paramilitaire. David pointe le bout de son nez alors que Martin s'apprête à quitter le vestiaire pour se rendre sur le quai.

— Hey, collègue, attends-moi !

Pourquoi pas ? Le ferry est encore loin. Les camions se sont regroupés sur le parking extérieur, attendant d'être autorisés à entrer. Martin patiente tranquillement dans la nuit d'automne, le dos appuyé au mur de la SPB. Au loin, les nuages filent dans le ciel obscur. Un vrai ciel de nuit normand.

À travers la cloison, Martin entend son patron discuter. L'autre voix ? Il ne la connaît pas. Martin ne la comprend pas mais pas besoin d'avoir choisi salvène première langue au collège pour comprendre que ça chauffe. Martin se demande qui ça peut bien être. D'où il est, il ne peut pas voir ce qui se passe dans le bureau. En tournant à l'angle du bâtiment, il sera tout proche de la fenêtre de Novak. Intrigué, il marche, l'air de rien, mais une fois qu'il a tourné, il se retrouve face au plus grand des deux vigiles de Novak. Son regard, toujours aussi aimable, est une évidente invitation à aller voir ailleurs. Il ne fait aucun doute que le type est posté devant la porte afin que personne n'approche.

Juste devant le bureau, une puissante BMW série 7, couleur noisette, tourne au ralenti. À son bord, Martin identifie très bien l'autre Salvène à gros bras. Il attend que la personne qui discute avec Novak sorte du bureau, à moins qu'il attende le patron lui-même. Martin se doute bien qu'il n'est pas le bienvenu dans cette caste d'exilés. Il continue tout droit, déçu. Il marche vers le quai quand il entend David l'appeler :

— Hey, Martin, viens ici, on va boire un café !

Martin est surpris. Et le boulot alors ?

— Tu n'as pas branché ton talkie ? Le ferry a un problème technique, on a le temps d'aller boire un coup à la cafét'.

Martin ne se fait pas prier. Alors qu'il fait demi-tour, la porte du bureau s'ouvre brusquement. Instinctivement, il se retourne. Il a à peine le temps de voir une silhouette qu'elle s'engouffre déjà dans la voiture qui démarre promptement. Martin n'a pas pu voir grand-chose. S'il s'agit bien de Dragan, il n'est pas du tout comme l'imaginait Martin. Il le voyait en grand chef de guerre, buriné, sec et nerveux. Il n'a entrevu qu'un petit homme, âgé d'une soixantaine d'années environ, qui traîne la patte. Dragan ?

Plus tard dans la nuit, Martin profite d'une pause pour appeler son ami policier caennais. Il l'interroge sur le pas heurté de celui qui pourrait être Dragan.

— Tu en as de drôles, Martin. Comment veux-tu que je sache si ton gars boite ?

— Ben, tu es flic, non ?

— Oui, de nuit, au commissariat de Caen. Ça ne fait pas de moi un maître ès criminels de guerre.

— Eh bien, renseigne-toi !

— Écoute, je n'ai pas trop le temps, là, j'ai un mari battu sur le dos, c'est la saison. Mais promis, je te rappelle demain.

Martin raccroche. Il sourit. Avec William, c'est à chaque fois la même chose. Il dit n'être au courant de rien mais une fois sollicité, il ramène toujours de bonnes informations. Depuis qu'il est entré dans la police, il n'a jamais bougé du commissariat de Caen, il n'a jamais voulu la moindre promotion, mais au fil des années, il a croisé du monde et soigneusement rempli son carnet d'adresses. Et comme il est d'un naturel plutôt sympathique, il n'a jamais trop de mal à obtenir quelques tuyaux.

Le lendemain, Martin attend son coup de fil. Durant la matinée, il s'offre une petite sieste sur le canapé défraîchi de la villa « Mon p'tit bonheur ». La nuit a été assez agitée. Comme le ferry était en retard, il a fallu débarquer/embarquer les camions plus vite que d'habitude.

La soirée n'a pas permis aux pitbulls de Novak de sortir les battes. Une fois que le petit est revenu au terminal maritime, ils sont restés au chaud dans le bureau : aucun clandestin n'a tenté sa chance. Ou plutôt, aucun n'a été vu hier…

Une fois réveillé, Martin décide de s'offrir un bol d'air, dans les dunes, là où l'Orne se jette dans la mer. Un mug débordant de café à la main, il s'apprête à sortir quand il aperçoit le petit sac trouvé sur le parking. Il le prend pour mieux en examiner le contenu. Il marche un peu et s'assoit, les fesses dans le sable, tout près des herbes hautes, jaunies par le soleil d'automne. Quelques promeneurs se promènent le long du rivage. La mer s'étend à ses pieds, paisible. Au loin, deux voiliers naviguent bord à bord. Le café lui tient chaud.

— Cette nature sauvage, c'est beau, pas vrai ?

La voix, aussi enjouée qu'essoufflée, provient de derrière lui. Martin se retourne. Gisèle. Fuseau noir et petite polaire cintrée, bonnet gris qui retient ses cheveux autant qu'il lui donne un air de rasta, elle est d'une beauté éclatante dans sa panoplie de sportive.

— Bonjour Martin, sourit-elle à pleines dents.

— Bonjour Gisèle, répond-il en se levant.

— Non non, restez assis, je ne fais que passer. Vous étiez juste sur le chemin de mon jogging matinal.

— Parce que vous avez le temps de courir ?

— Oui, une fois par semaine, lorsque je suis en congé.

— Bravo, applaudit Martin. Je vous félicite. Je n'ai pas cette fréquence…

— On fait comme on peut. On vous voit toujours demain midi ?

— À propos…

— Oui ?

— Je voudrais vous montrer quelque chose.

Martin dévoile le sachet qui était caché sous ses cuisses. Il le tend à Gisèle. Elle le regarde, interloquée :

— Qu'est-ce que c'est ?

— Ouvrez.

Elle s'exécute.

Ses yeux s'écarquillent.

— Où avez-vous trouvé ça ?

— Sur le quai, l'autre soir, après une bousculade avec un réfugié qui a pris la fuite.

— Qu'allez-vous en faire ?

— Puisque vous êtes là, je comptais sur vous pour me le dire.

Elle réfléchit.

— Venez demain. Je compte sur vous. Et tous nos amis moldaves, afghans, iraniens et salvènes aussi. Enfin, ils ne savent pas que vous existez mais ils seront ravis de faire votre connaissance, j'en suis sûre.

Elle rit. Martin la regarde. Comment fait-elle pour répandre tant de bonne humeur autour d'elle ? Il est conquis. Il ira. Il répond :

— Dit comme ça…

— Allez, ne vous faites pas prier, je vous attends.

Avant que Martin ait eu le temps de répondre, Gisèle a déjà fait volte-face. Elle repart, légère comme l'air qui fouette son visage. Martin regarde sa foulée souple et animale. Il se dit que oui, demain midi, il se rendra à la salle municipale. Il repart vers son logement quand son téléphone sonne. William fanfaronne.

— Je n'ai qu'une parole, me voilà !

— Alors ?

— C'est encore assez flou mais ça pourrait être du gros dossier.

— Du genre ?

— Comme je te le disais hier, le service chargé de l'enquête n'a rien de concret mais cette histoire de crucifié fait tache dans le décor, crois-moi.

— À cause de Dragan ?

— Évidemment ! Elle rappelle un passé salvène que tout le monde aimerait gommer, même ici.

— Comment ça ?

— Eh bien, crois-moi qu'à la préfecture, on est très embêté. Un pauvre type est retrouvé mort et exhibé exactement comme le faisaient un criminel de guerre et sa bande durant le conflit qui a ravagé son pays. Lequel, criminel de guerre, réside désormais en France et vient probablement très régulièrement dans le coin. Enfin, on le suppose car il sait se faire discret.

— Tu crois que c'est lui ?

— Impossible, il n'est pas idiot.

— Alors, qui voudrait tendre un piège à une pareille crapule ?

— Première hypothèse : une de ses victimes d'hier, qui a survécu, ou un proche. Deuxième hypothèse : une crapule qui veut piquer la place de Novak et cherche à le déstabiliser en organisant une mise en scène digne des sinistres méfaits de son père, Novak est un garçon fragile, il peut péter les plombs facilement… Les pistes ne manquent pas. La seule à exclure, c'est Dragan lui-même. Il n'a vraiment pas intérêt à ce qu'on se souvienne de son passé.

— C'est trop tard…

— Oui, et ça n'augure rien de bon.

— Comme tu dis. Merci William.

— Attends, j'ai gardé le meilleur pour la fin.

— Accouche…

— Figure-toi que Dragan Borovic n'est pas forcément le grand guerrier qu'on a bien voulu nous décrire. Le jour où ses hommes ont réalisé leur plus beau fait d'armes en prenant un village bien armé, Dragan n'était même pas là. Il avait été blessé par balle, quelques jours plus tôt, et transporté dans une clinique privée où on s'occupait des héros de son genre. On a longtemps cru qu'il ne remarcherait jamais. Mais il y est parvenu. Seulement, depuis, c'est un peu Joffrey de Peyrac, notre ami.

Martin essaie de dénouer les fils de sa pensée. Novak est un ancien sportif de haut niveau connu pour son caractère bouillonnant, métamorphosé en entrepreneur bien établi sur la place de Ouistreham. Son père, Dragan, est un ancien criminel de guerre, ancien businessman, réfugié en France après le basculement de son pays du côté intégriste. Depuis qu'il est ici, personne n'entend plus parler de lui. Il semble retiré des affaires. Au milieu de tout ça, le pauvre Viktor est retrouvé exécuté à la mode Dragan. Pourtant, ni le père ni le fils Borovic n'ont intérêt à voir le passé salvène ressurgir aujourd'hui en France.

Martin en est convaincu : à moins d'un coup de folie du père, les Borovic ne sont pour rien dans cette histoire. Ils auraient beaucoup plus à y perdre qu'à y gagner. Mais alors qui peut se cacher derrière cette condamnation sommaire ? Martin pense bien aux deux vigiles qui pourraient rêver de devenir califes à la place du calife. Mais d'une part, ils semblent d'une loyauté aveugle envers la famille Borovic et d'autre part, Martin leur accorde à peine le QI d'un bulot cuit, à eux deux évidemment. Il les croit incapables de préparer un coup de main de ce genre.

XX
Martin

Le service du soir se passe tranquillement et à l'heure où la France dort du sommeil du juste, Martin propose à son collègue d'aller boire un verre.

David accepte d'autant plus facilement qu'il aime autant le blanc que Martin. Ils entrent dans le café où Martin a déjà sévi. Le patron les devance d'une blague qui a dû faire gondoler le comptoir plus d'une fois :

— Deux petits blancs pour les deux petits blancs ?

Les gars répondent par l'affirmative et s'installent au bar. Après un double blanc enquillé cul-sec et quelques considérations politico-footballistiques qui font les beaux jours des bistrots à la française, Martin aborde le sujet Dragan. David répond sans détour. Il est arrivé à Ouistreham par amour. Côté cœur, tout va bien. Morgan, est, depuis, devenue son épouse, et ils ont une fille, Rose. Côté boulot, ça a été plus compliqué.

— À Ouistreham, le travail ne court pas les rues. Alors, quand on n'a guère de diplôme comme moi, on prend ce qui vient.

À vrai dire, David ne se plaint pas de l'emploi qu'il a décroché à la SPB. Il est en contact direct avec la mer et l'air du large, qu'il adore. Il aime l'ambiance nocturne des quais, le va-et-vient des camions, les routiers, des gens simples et sympas avec qui on échange deux ou trois mots avant qu'ils partent à l'autre bout de l'Europe. Et puis, le salaire est correct. S'il n'y avait pas ce problème croissant des clandestins, tout irait bien.

— Mais si on en trouve, détaille David, le nez noyé dans son verre vide, les vigiles de Dragan font le boulot.

— Le boulot, c'est de les livrer à la gendarmerie ou de les passer à tabac avant ?

— Mais non, c'est des conneries tout ça, marmonne David. Enfin, à vrai dire, je n'en sais rien, j'espère que c'est des conneries. Moi, je n'ai jamais vu de tels actes.

— Et ce gars retrouvé mort ?

— Alors là, soupire David, mystère... C'est du jamais vu à Ouistreham, tu sais. Ici, on n'est pas à Sangatte, à Calais ou même à Cherbourg. C'est tout petit. Les clandestins ne sont pas nombreux. Nous ne sommes pas nombreux. Le trafic n'est pas énorme. C'est incompréhensible.

— Tu penses que ça pourrait être Novak ?

— N'importe quoi, s'esclaffe David. Novak, c'est un footeux, pas un criminel.

— Son père alors ?

Le visage de David se ferme.

— On n'en dit pas beaucoup de bien. Son passé n'est pas très glorieux, c'est vrai, mais je ne crois pas.

— Et les deux vigiles ?

— Non, j'ai bien vu leur embarras le jour où on a appris la nouvelle. C'était comme si l'horreur réapparaissait à leur porte. Sauf que cette fois, ils n'y étaient pour rien.

— Cette fois ?

— Oui, tu vois. Moi, je pense qu'ils n'étaient pas tout blancs dans leur pays. Tiens, patron, remets-nous-en un, de blanc ! Non, ce n'est pas eux. J'étais dans le vestiaire quand Novak leur a passé un savon. Ils en ont pris pour leur grade, crois-moi, et si je ne comprends rien à leur sabir salvène, je t'assure qu'ils ne répondaient rien. Ils étaient comme des gamins qui se font engueuler par leur père après avoir cassé un carreau en jouant au foot. Ils juraient leurs grands dieux qu'ils n'avaient rien à voir avec ça. Si tu veux mon avis, ce n'est sûrement pas faux. Ici, on voit bien qu'ils font tout pour être le plus discret possible. Malgré tout, j'ai toujours pensé qu'ils venaient cacher en France leurs méfaits commis en Salvénie.

Martin a la tête qui tourne quand il sort du bar. La discussion avec David ne lui a rien appris du tout. Il a pris une cuite pour rien.

XXI
Le Shérif et Le Petit Tonio

Le fauteuil est spacieux et le cuir indéniablement confortable, mais après quelques heures passées dans une voiture qui ne roule pas, avec un voisin qui ronfle comme un marcassin, on a le sentiment que l'espace se réduit à mesure que l'agacement vous gagne. Le Petit Tonio regarde son voisin. Le Shérif est allongé de tout son long, son crâne crépu touche presque le plafond de la voiture. De sa bouche ouverte coule un léger filet de bave. La grande classe.

Le Petit Tonio se retourne sur son siège. Il tente de retrouver le sommeil. Pas moyen. Pour se relaxer, il se rêve au volant de son camping-car, traversant la France pour en découvrir les multiples richesses, taillant la route avec son épouse à ses côtés. Ce serait beau comme un journal télé de Jean-Pierre Pernaut mais ce n'est pas pour tout de suite. Il lui reste quelques petites années avant de pouvoir tirer sa révérence. Il pense qu'il y a encore de quoi s'amuser et ce n'est finalement pas pour lui déplaire.

Mais il y a aussi l'attente et cette fichue nuit à passer dans la voiture. Il aurait bien aimé dormir à l'hôtel, Le Petit Tonio, mais Le Shérif a tranché : ce sera la voiture. Deux avantages à cela : une belle économie sur les frais de mission et un emplacement idéal pour surveiller tout ce qui se passe autour de la gare maritime de Ouistreham.

Histoire de faire d'une pierre deux coups, Le Shérif a garé sa berline allemande juste à côté de la vieille suédoise de Martin. S'il bouge, ils l'auront à l'œil. Il ne les connaît pas mais pour eux, il est déjà une vieille connaissance.

Le Petit Tonio change de position. Il attrape sa veste et la pose sur ses épaules, en guise de couverture, il remonte le col jusque sous son nez. Il ferme les yeux pour ne pas être perturbé par le halo des vitrines voisines et le faisceau des lampadaires. Il laisse vagabonder ses pensées lorsqu'il entend une discussion. Les voix sont fortes, ça sent la fin de soirée alcoolisée. Le petit soulève une paupière. D'un œil, il reconnaît Martin. Il est en compagnie d'un autre homme qu'il identifie aisément. C'est son collègue de la gare maritime. Les deux parlent comme de vieux copains de boisson. Le Petit Tonio cherche à ouvrir la vitre pour entendre ce qu'ils disent. Il appuie sur le bouton. Rien ne se passe. Il regarde discrètement de l'autre côté : la clé n'est plus sur le contact. Le Shérif a dû la garder dans sa poche. Tant pis. De toute façon, les bruits du ronflement auraient pu attirer la curiosité des deux acolytes. Le Petit Tonio se contentera de regarder. Les deux garçons discutent encore un peu et se quittent en se tapant sur l'épaule. Le Petit Tonio craint que Martin ne vienne vers sa voiture et les repère mais non, il prend ses distances et marche vers la passerelle qui mène à la station des Sauveteurs en mer. Il doit loger dans ce coin-là, se dit-il. Il titube. Il ne faudrait pas qu'il tombe à l'eau, craint Le Petit Tonio, pas maintenant. Il le regarde s'éloigner. Martin tient bon la rambarde. Il passe d'une rive à l'autre et s'efface dans cette foutue interminable nuit d'encre. Le Petit Tonio décide de redormir. Plutôt que de compter les moutons qui passent une haie, il visionne des camping-cars qui circulent sur les routes de campagne. C'est si beau, un camping-car…

XXII
Martin

Le lendemain, Martin se réveille de bon matin, en nage et courbatu. Les cloches qui sonnent l'angélus au loin accentuent la tempête dans son crâne. Un peu de sommeil n'y a rien fait. Il gagne la salle de bains, les doigts pressés sur les tempes. Il se rince les mains et le visage à l'eau froide, avant de s'imposer un double Doliprane effervescent. Il penche la tête en arrière pour faire passer au plus vite ce breuvage écœurant. Quand il la redresse, il découvre dans le miroir un quadra aux cernes profonds et sombres. Il s'appuie contre le lavabo, se regarde de plus près. Il espère qu'un rasage emportera la fatigue. En vain. Mais au moins, ça réveille un peu. Il file prendre une douche fraîche. Après avoir réchauffé et avalé le café de la veille, Martin décide de prendre l'air et part se promener vers l'est, là où se situe la jungle.

Petit à petit, les maisons se raréfient et la nature reprend ses droits. Une sorte de petit bois a pris ses aises à la limite de la ville. Martin croise un rat au pelage couvert d'une boue noirâtre. C'est sûr, il est dans la bonne direction. La végétation est dense mais à bien y regarder, elle cache des toiles de tente et des bâches en plastique posées à la verticale. Martin passe en essayant de ne pas jouer les voyeurs mais il parvient à distinguer une petite faune de gens qui préparent le repas, ou sont assis à jouer aux cartes ou aux dés. Des hommes essentiellement.

À mesure qu'il longe le camp, il en aperçoit deux qui marchent dans sa direction. Ils portent de petits sacs de grande surface aussi crasseux que vides. Martin les laisse approcher. Il les croise et lance un « Hello » qui reste sans réponse. Martin se retourne et les interpelle. Les deux garçons s'arrêtent. Ils le dévisagent, l'œil interrogatif et méfiant. Martin fait demi-tour. Il affiche son plus beau sourire de vendeur de bagnoles. De plus près, il se rend compte qu'ils sont tout jeunes, mais épuisés par la vie dans la jungle, ils ont les traits tirés et font nettement plus que leur âge. Il met la main dans sa poche et montre un petit bout du tissu multicolore. Spontanément, l'un des deux types tend la main vers l'étoffe, le regard illuminé. Martin le laisse faire mais ne la lâche pas. Le garçon prononce une phrase dans laquelle Martin perçoit un seul mot : « Azem ».

— Oui, Azem, répète Martin, doucement. Azem, où est-il?

Les deux l'observent. Soit ils n'ont pas compris, soit ils font bien semblant. Martin tente en anglais :

— *Where is Azem?*

Pas de retour non plus. Le plus âgé des deux, qui n'a pas manifesté la moindre surprise à la vue de ce tissu, prend l'autre par le bras et l'invite à poursuivre leur chemin. Ils partent finalement sans se retourner. Martin les regarde s'éloigner en parlant. La promesse de jours meilleurs en Angleterre ne s'embarrasse pas de discussion inutile avec un étranger.

Après une bonne sortie pédestre qui lui a un peu remis les idées en place, Martin revient à son bungalow. Il téléphone à sa mère. Liliane est ravie d'entendre son « petit garçon ». Le travail lui convient-il? Est-il bien installé? N'est-il pas trop perturbé par le contexte? « Ce pauvre Salvène, quand même… » Martin ne s'étend pas trop sur ces différents sujets, et évite soigneusement d'évoquer la bousculade avec Azem, le deuxième soir. Ses réponses se résument en un « Tout va bien » qui se veut rassurant. Histoire d'alimenter la conversation et de réjouir sa mère, il lui annonce qu'il va participer, le midi, à la distribution de repas organisée par Gisèle. Liliane est aux anges.

— C'est formidable, mon Marty ! Enfin, tu te décides à aider les autres.

— Tu sais, maman, j'y vais juste une fois, modère Martin, qui se demande quelle image sa mère peut bien avoir de lui.

— Une fois, c'est un début. Un bon début et je sais de quoi je parle. Aider les gens, c'est tellement important, c'est ce que je disais à Pascal, avant-hier…

Pascal, son vieux pote de lycée encore une fois érigé en modèle de solidarité… Martin la coupe :

— Oui, mais je n'ai pas toujours le temps avec les enfants, l'intérim…

— Je sais, je sais, mais un jour viendra, j'en suis sûre, où tu consacreras du temps aux rejetés de la vie. Gisèle est de tous les combats humanitaires. Avec elle, tu vas être entre de bonnes mains.

— J'espère bien, sourit Martin, pas certain que sa mère pense à la même chose que lui.

— Tu me raconteras, pas vrai ? Je suis persuadée que ça va te plaire. Je suis vraiment ravie, mon Marty, ravie. On te voit bientôt ?

— Je ne sais pas. Demain, je vais essayer de voir les enfants chez Carole. Si je passe chez vous, ce sera plutôt la semaine prochaine, une fois mon contrat terminé.

— La semaine prochaine, très bien, ton père devrait être plongé dans la réécriture de son nouveau best-seller (elle a dit ça en riant). Mais ce n'est pas un problème. Je serai là. Embrasse Brune et Guillaume de notre part.

— Compte sur moi, maman, je t'embrasse aussi.

Les enfants, Martin ne les voit pas assez souvent à son gré. C'est la vie mais la vie est parfois injuste avec les pères divorcés. Avant de quitter la maison, Martin va jeter un œil à la photo de famille qu'il emporte avec lui et qu'il a posée sur la table de nuit. Carole, Brunehilde, Guillaume au temps d'avant, dans le jardin de l'hôtel qu'ils tenaient, à deux pas de la mer. En entrant dans la chambre, il est surpris de découvrir que cette image du bonheur conjugal n'est plus à sa place. Aurait-elle glissé par terre ? Martin regarde. Rien sur le tapis, ni sous la table de nuit. Il était pourtant persuadé de l'avoir posée là. Il fouille ses poches. Il y trouve seulement la photo de sa fratrie dont il ne se sépare jamais. Celle où il pose, enfant, avec son frère et sa sœur. Bizarre.

Une sale idée s'empare de Martin : aurait-on visité le bungalow en son absence ? Il regarde la porte. Elle n'a pas été forcée. Il se souvient alors que la maison en compte une deuxième, à l'arrière, qui permet d'aller directement dans le jardin. Martin s'y rend pour constater qu'elle n'est pas verrouillée. L'antique loquet censé la fermer a été poussé de l'extérieur. Quelqu'un est entré en son absence, Martin en est sûr. Pourquoi lui aurait-on volé sa photo de famille ? Ça ne rime à rien. C'est un document sans valeur… Sauf, Martin blêmit, sauf si on veut lui envoyer un message ou si on veut s'en prendre à ses proches. Dans tous les cas, ça n'a rien de rassurant.

Il sort dans le jardin, le téléphone portable en main, et appelle Carole. Il sait qu'elle enchaîne plusieurs compétitions hippiques, en Europe de l'Est, mais il sait aussi qu'elle a un forfait international. Messagerie. Il recommence. Messagerie à nouveau. Il la prie de le rappeler dès que possible. Sa voix est aussi calme que possible mais son palpitant bat à cent à l'heure.

Il peine à attendre une dizaine de minutes et cherche le fixe de la maison de Carole dans son répertoire, un numéro qu'il déteste composer. Au moment où on décroche, il entend une musique assourdissante, un truc insupportable du genre Shakira, très vite coupé et suivi d'un « Allô ? » aussi masculin qu'hautain. Louis-Vivien, le bellâtre prétentieux et friqué, qui partage désormais la vie de son ex. Martin n'a jamais pu le souffrir.

— Louis-Vivien ? Bonjour, c'est Martin.

— Bonjour Martin, ça va ? répond Louis-Vivien en appuyant bien sur le « a » de « va ».

L'hypocrisie et la distinction naturelle de ce Gontran Bonheur du Pays d'Auge l'exaspèrent. Martin sait bien qu'il se moque de lui comme de sa première veste Barbour.

— Oui, merci.

— Quel bon vent t'amène, cher Martin ?

— Je cherche à joindre Carole. Je l'ai appelée sur son portable mais je tombe toujours sur sa messagerie. Elle est dans les parages ?

— Non. Elle est en Salvénie…

Le sang de Martin ne fait qu'un tour.

— En Salvénie ?

Il n'en revient pas.

— Oui, en Salvénie et elle t'avait prévenu. Perdrais-tu la tête, Martin ? ironise Louis-Vivien.

— Et les enfants ?

— Ils sont là. Brune est dans sa chambre – une vraie petite ado avant l'âge – et Guillaume m'aide à régler la nouvelle installation 5.1 que je viens d'acheter pour notre home cinéma. Un petit bijou de technologie moderne à cinq plaques, je te le conseille. D'ailleurs, si ça t'intéresse, je peux t'avoir un bon prix auprès d'un ami.

— Merci, mais je n'ai pas la télé.

— C'est vrai. J'avais oublié. Tout n'est pas bon, je te le concède et j'avoue que je n'en abuse pas, mais entre *Mezzo* et *Equidia*, je trouve mon bonheur.

Martin se tait. Il a promis à Carole de ne plus s'emporter après celui qu'il déteste cordialement et qu'il rêve secrètement de pouvoir, un jour, balancer dans le port.

— Et Carole ?

— Oh, Carole, tu la connais. Elle est plutôt *Arte* et *Netflix*.

— Non, je veux dire : Carole, je pourrai la joindre quand ?

— Elle revient en fin de semaine normalement.

— En fin de semaine ? Et on ne peut pas l'appeler sur son téléphone ?

— Malheureusement non, comme elle te l'avait dit mais tu sembles l'avoir oublié, elle accompagne une équipe de vétérinaires dans plusieurs compétitions du circuit européen de dressage. Actuellement, elle est à Skudia, en Salvénie, mais figure-toi qu'en partant, elle a oublié son téléphone au pied de notre lit.

« Notre » lit. Martin enrage de jalousie mais n'en fait rien paraître. Louis-Vivien glousse.

— Tu veux que je te passe ton fils, peut-être ?

Martin répond oui. Il parle deux minutes avec le garçonnet tout en se faisant son film : sa photo de famille volée, son ex-femme en Salvénie, un mort salvène aux portes de son travail, un patron salvène, un ancien criminel de guerre salvène probablement dans les parages… Il écoute à peine Guillaume lui vanter les mérites du nouvel équipement sonore que Louis-Vivien a acheté et demande à lui reparler.

— Tu as un numéro où joindre Carole ?

— J'en ai bien un mais ça fonctionne très mal apparemment. J'ai tenté ma chance à plusieurs reprises. En vain. La Salvénie a changé depuis que j'allais profiter de son lac Magdalena et de la douceur des blondes autochtones (il rit). Mais, depuis, le pays s'est bigrement refermé. Le téléphone fonctionne par intermittence et internet, n'en parlons pas. Crois-moi, entre la guerre, quarante ans de communisme et les intégristes, ils vont mettre du temps à nous rattraper ! Enfin, tu peux essayer l'hôtel mais je te souhaite bonne chance. Attends, je cherche le numéro…

Martin patiente quelques secondes et prend note. Il remercie Louis-Vivien avant de s'apprêter à raccrocher. Mais, ce dernier a une petite question :

— J'y pense : tu as quelque chose d'important à lui dire peut-être ? Passe-moi le message, je transmettrai si elle m'appelle. Il y a de fortes chances qu'elle le fasse, elle ne peut pas se passer de moi.

Rester calme, surtout, rester calme, se dit Martin. Il se contente d'un laconique :

— C'est inutile, merci.

Louis-Vivien le salue. Martin n'a pas eu le temps de répondre que déjà, la communication est coupée. Il compose le numéro que Louis-Vivien lui a donné pour joindre Carole et entend qu'il n'y a pas d'abonné au numéro qu'il a demandé. Une mauvaise blague de Louis-Vivien ou une erreur de retranscription ? Il n'en saura rien et se refuse à le rappeler afin d'en savoir plus. Il n'a pas envie d'entendre la suffisance de cet éleveur plein aux as et il sait qu'il aura du mal à se contenir. Or, il a promis à Carole, il y a longtemps déjà, de rester correct, quelles que soient les circonstances, alors…

XXIII
Martin

Pour évacuer ses idées noires, Martin opte pour une promenade dans le supermarché local. Se noyer dans la foule lui fait du bien. Marcher dans les rayons, sans but, l'aide toujours à relativiser ses grandes inquiétudes. Hier et demain, c'était et ce sera la disparition mystérieuse de sa sœur pendant une manifestation contre la loi Devaquet en 1986. Aujourd'hui, c'est le vol de sa photo de famille et la principale possibilité qui l'accompagne : mise en danger de Carole ou des enfants. Martin n'est pas serein.

Il erre dans le rayon des surgelés de Carrefour quand il entend qu'on l'interpelle :

— Martin !

Il se retourne. Gisèle accompagnée d'un gars qu'il reconnaît sans mal mais qu'il n'imaginait pas un instant ici : Pascal ! Qu'est-ce que son ami caennais fait là ? Martin en oublierait presque ses doutes et la présence lumineuse de Gisèle.

— Toi à Ouistreham ? Si je m'attendais…

— Bonjour aussi, je pourrais dire la même chose, réplique Pascal, en fronçant les sourcils.

— Oh, tu sais, entre les supermarchés et moi, c'est une longue histoire d'amour…

— Qui remonte à 1986, je sais, coupe Pascal, dont le sourire crispé exprime autant la tristesse que la nostalgie des jours heureux.

Gisèle les regarde tour à tour, interloquée.

— Vous vous connaissez ?

— Évidemment, s'enthousiasme Pascal, depuis le bahut !

En deux mots, Pascal résume leur amitié de longue date. Gisèle est épatée.

— Je ne savais pas, commente-t-elle.

— Ça ne me dit pas ce que vous faites là, reprend Martin.

— Je suis venu donner un coup de main à Gisèle, explique Pascal.

— Pascal vient régulièrement nous aider, poursuit Gisèle.

— Oh, pas si régulièrement que ça, balbutie Pascal, avec le ton du gamin pris la main dans le pot de confiture.

— Je n'étais pas au courant, réplique ironiquement Martin.

Il pensait que son ami lui disait tout, visiblement, il garde secrètes certaines de ses activités. Il croit en deviner la raison.

— Pascal participe à la distribution des repas et quand il est en avance, comme aujourd'hui et comme souvent, il m'accompagne pour les courses de dernière minute. Il manque toujours quelque chose avant de recevoir nos amis migrants.

— Et vous achetez au supermarché ? questionne Martin.

— Ici, c'est spécial, sourit Gisèle. Le directeur nous autorise à faire des achats aux frais de sa société, chaque semaine.

— C'est rare.

— C'est un homme de cœur. D'ailleurs, le voilà !

Un trentenaire fonce droit vers eux. Chemise blanche brodée Saint-Barth, col amidonné relevé, jean artificiellement délavé et usé, chaussures noires brillantes et pointues, téléphone portable greffé dans l'oreille, crâne d'œuf et barbiche finement ciselée, kéké princier.

— Gisèle, je suis ravi de vous voir parmi nous, déballe le type, enjôleur à souhait.

— Bonjour M. Detourtre.

— Gisèle, je ne vais pas vous le demander à chaque fois, appelez-moi Lionel.

Sourire de voleur de poules et « L » gommé dans la prononciation. Yonel. Le con, se dit Martin. Yonel, donc, ne jette pas un regard à Pascal et Martin et prend Gisèle par le bras.

Il l'éloigne du duo, accompagné d'un mystérieux « Gisèle, je voulais vous dire… », glissé sur le ton de la confidence. Pascal et Martin restent pantois.

— Non, mais tu as vu ça ? demande un Pascal visiblement énervé.

— Ce malotru ? répond un Martin plutôt amusé.

— Oui, enfin, surtout la façon dont Yôôônel est parti avec Gisèle sans même nous saluer !

— Ça te dérange ?

— Non, enfin… Je veux dire…

— Tu veux sans doute me dire que tu viens fréquemment à Ouistreham pour accomplir des œuvres de charité, petit cachottier…

Pascal pique un fard.

— Mais bien sûr que je t'en ai déjà parlé !

— Oui, c'est ça, s'esclaffe Martin, mais je comprends pourquoi tu ne m'as jamais parlé de tes petits séjours sur la côte.

— Ah bon ? lance Pascal. Et pourquoi je te prie ?

— Ça tient en deux syllabes. Gi-sèle.

— Pfff, n'importe quoi, souffle Pascal, en levant les yeux au ciel.

— Mais oui, bien sûr. Tu es comme le gérant du supermarché. Juste motivé par l'aide aux plus démunis et pas du tout intéressé par cette belle plante ouistrehamaise.

— Non, mais t'as vu ce connard ? Il nous a totalement ignorés !

— J'ai vu mais ne le prends pas mal, Pascal, je suis du même avis que M. Detourtre-au-jambon, tu as beaucoup moins de charme que Gisèle.

— Ah !

— Ah quoi ?

— Toi aussi, tu es là pour elle.

— Pascal, soupire Martin, je n'avais jamais entendu parler de Gisèle avant la semaine dernière. Simplement, ma mère a fait le lien entre nous pour que je bénéficie d'un logement ici, à l'œil, le temps de ma mission d'intérim sur le parking des car-ferries.

Le visage de Pascal se fend d'un large sourire triomphal.

— Non, ta mère a fait le lien entre vous pour que tu rencontres Gisèle et que tu cèdes à son charme. Avoue !

— Gros jaloux, bon, on va en rester là, ça ressemblerait trop à une battle entre fans et détracteurs sur YouTube.

— Ouais, rigole Pascal en clignant de l'œil. Au lieu de dire n'importe quoi, conduis-moi plutôt à la salle de distribution des repas. Parce que maintenant que Gisèle a disparu avec l'autre abruti, je suis à pied…

— Et le caddie, on en fait quoi ?

— Martin, je suis ravi de vous voir parmi nous mais je voulais vous dire : Yôôônel va s'en occuper, se moque Pascal, pour le plus grand plaisir de son vieil ami.

Assis sur le siège passager de la Saab hors d'âge de Martin, Pascal lui raconte la tragique destinée de ces naufragés du monde moderne. Selon les années et le contexte politique, ils sont afghans, kurdes, iraniens, salvènes, syriens…

Au début, les gens les ont ignorés. Puis, certains ont essayé de les faire fuir.

— Une sorte de Ku Klux Klan calvadosien ? demande Martin.

— Tu plaisantes ? se marre Pascal. Un jour, des skinheads de Caen ont voulu refaire le Débarquement à l'envers. Ils sont arrivés avec des battes de baseball et des cutters pour s'attaquer aux clandestins isolés. Manque de chance, la gendarmerie leur est tombée dessus. Ils ont pris entre six mois et un an ferme. Ça fait cher le tabassage de Kurdes. On ne les a plus revus, les courageux défenseurs de l'Occident crétin.

— Et les locaux ?

Pascal hausse les épaules.

— Oh, c'est comme partout : la montée du chômage aurait tendance à favoriser la montée du racisme mais le plus grand fait d'armes des abrutis du cru a été de coller des affiches hostiles aux étrangers dans le centre-ville. Mais, eux aussi, ils se sont fait prendre par la maréchaussée. Il a suffi d'une petite garde à vue pour qu'on n'entende plus jamais parler d'eux.

— Et le reste de la population ?

— Ils ne disent trop rien. Les candidats aux élections n'utilisent pas ce thème dans leur campagne et même dans les urnes, on ne ressent pas de rejet. L'extrémisme n'a pas fait son trou ici. Ce n'est pas à toi que je vais apprendre que derrière ses airs bourrus, le Normand est plutôt accueillant.

XXIV
Pascal

Quand Martin gare sa voiture devant la salle municipale située un peu à l'écart du centre-ville, le soleil a disparu derrière des nuages annonciateurs d'un après-midi pluvieux. Sur le plancher des vaches, la distribution de nourriture n'a pas commencé. Un attroupement s'est déjà formé devant l'entrée. Une longue colonne d'hommes est alignée contre un mur. Silencieux, ils attendent leur tour. Sur le terrain vague d'à côté, deux équipes bigarrées, sans doute moins pressées, sont en plein match de foot. L'ensemble constitue une foule hétéroclite, dont les principaux points communs sont la jeunesse, les visages fatigués et les vêtements usés.

Pascal entre dans une salle chauffée qui a jadis servi de gymnase, Martin suit. Des panneaux de basket dominent encore un parquet aux lignes presque effacées. Une vingtaine de bénévoles sont en place. Pascal salue rapidement les gens déjà à l'œuvre et présente Martin à tout le monde. Toutes les générations sont représentées, *a priori* toutes les catégories socio-professionnelles aussi. Pascal précède la remarque de Martin.

— Ici, c'est comme à La Samaritaine, tu trouves de tout. Des bénévoles des comités tiers monde en majorité, mais aussi des militants socialistes et républicains, qui s'écharpent au conseil municipal mais qui tiennent la même gamelle pour aider les migrants, des rouges de la Cégét' et des grenouilles de bénitier. Le curé vient aussi régulièrement. Chaque dimanche, il accueille chaleureusement ceux qui se déplacent dans son église et le plus souvent, il les garde à déjeuner.

Pascal explique à Martin qu'il va pouvoir servir des soupes dans des verres en plastique offerts par le supermarché local.

— Tu devines lequel, ironise Pascal.

Martin devine, en effet. Des tables et des bancs en bois ont été installés, ça sent bon la cantine scolaire.

Quand les portes s'ouvrent, les migrants entrent en masse. Ils forment une longue file disciplinée qu'un type à béquilles double allégrement. Martin voit Pascal se diriger vers lui et lui ordonner, geste ferme à l'appui, de faire machine arrière. Le type tente de protester, en montrant ses béquilles, mais n'insiste pas et repart, tête baissée.

Lorsque Pascal revient, Martin lui fait remarquer qu'il l'a trouvé sévère avec ce blessé. Pascal rit dans ses moustaches.

— Ah oui ? Alors, c'est que tu ne l'as pas vu jouer au foot avec les autres quand on est arrivé…

Pascal 1 – Martin 0.

— Faut pas croire, Martin, il y a quelques roublards ici.

— Des roublards, il y en a partout, plaisante une voix, dans leur dos.

Martin et Pascal se retournent. Gisèle les a rejoints. Très enjouée, très décoiffée aussi. Un sourire épanoui flotte sur ses lèvres.

— Ça va, Martin, tout se passe bien ?

— Pas mal, je suis bien cornaqué. Je vais attaquer la distribution de la soupe.

— Et toi, Gisèle, tu as obtenu ce que tu voulais au supermarché ? demande Pascal.

— Oh oui, et même plus encore, sourit Gisèle, fixant Pascal qui devient rouge écarlate. C'était vraiment super !

D'évidence, il ne sait plus quoi dire. Un ange passe. Gisèle reprend :

— Je vous laisse, je vais faire le tour des tables et discuter un peu avec nos invités.

Les deux copains observent l'élégante Gisèle tracer son sillage au milieu des clandestins. Elle s'approche d'une première table, embrasse les quatre garçons qui y mangent tranquillement un ragout chaud. Ils l'accueillent avec des gestes déférents qui respirent le respect et l'admiration. Elle semble se délecter de ces instants partagés. Martin la voit s'asseoir à leurs côtés, prendre des nouvelles des uns, sourire aux autres. Elle est un rayon de soleil dans un gymnase de grisaille.

— Cette femme est une bénédiction, soupire Pascal, l'air rêveur.

— Je vois, je vois…

Quand la distribution est finie, les bénévoles passent dans les rangs donner toute la nourriture chaude qui reste. Ils appliquent la consigne de Gisèle : « Tout doit disparaître. On ne remporte rien. » Martin va de table en table, gamelle à la main. Il offre un deuxième bol de soupe à ceux qui tendent leur gobelet.

Quand il s'approche de celle où siège Gisèle, elle lui fait signe de la rejoindre. Trois personnes sont assises. Leur repas est fini.

— Martin, il faut que je te présente.

Elle tend le bras vers le petit groupe. Martin remarque qu'elle est passée au tutoiement.

— Tarek, Igor, Slobodan, explique Gisèle.

Martin leur tend la main en souriant de toutes ses dents. Il a le sentiment d'en faire des caisses mais tant pis. Un bonjour aux « r » qui roulent répond au sien.

Gisèle explique les préoccupations de Martin. Elle n'y va pas par quatre chemins. Elle leur explique que Martin aimerait rencontrer Azem.

À peine a-t-elle fini sa phrase qu'un des trois prend la parole en salvène. C'est Slobodan, le plus imposant, poncho de plastique jaune sur le dos, barbe de trois jours, joues rougies par la vie au grand air. À ses gestes, Martin comprend qu'il traduit les propos de Gisèle.

Les gars échangent des regards, dévisagent Martin. Et restent muets.

— Azem, insiste Gisèle.

Même silence lourd. Slobodan prend la parole dans un français académique, quasi sans accent :

— Nous ne connaissons pas Azem.

— Vous êtes sûrs ? insiste Martin.

Le visage de Gisèle devient grave :

— Ne me raconte pas d'histoire, Slobodan. Tu sais très certainement de qui nous parlons.

Slobodan prononce une phrase en salvène dans laquelle Martin entend de nouveau le prénom « Azem ». Les deux autres acquiescent d'un hochement de tête explicite. Slobodan répète. Pas de Azem parmi leurs connaissances. Martin sent le regard pesant de Gisèle posé sur lui. Elle est irritée.

— Explique-leur la situation, chuchote-t-elle.

Puis, elle se tourne vers les trois Salvènes :

— Écoutez, je me porte garant de cet homme. Il n'est pas de la police.

Martin leur certifie qu'il ne veut aucun mal à Azem. Il veut juste lui parler. Rien n'y fait. Les trois Salvènes restent solidement campés sur leur ligne de défense. Gisèle invite Martin à laisser tomber. Il repart avec sa soupe tiède. Les hommes se lèvent, remercient et sortent lentement de la salle pour retrouver le froid et la gadoue. Ils n'ont pas l'air très à l'aise.

Martin n'a pas fait trois pas que Gisèle l'interpelle. Il se retourne. Elle est tout contre lui. Martin sent son souffle et sa main sur son épaule.

— La pochette multicolore, tu l'as sur toi ?

Ses yeux sont plongés dans les siens. Martin répond oui.

— Donne-la-moi, je retourne leur parler. Mais seule et à l'extérieur.

Martin la sort de sa veste. Gisèle s'en saisit.

— Je retourne les voir. Ils fument une cigarette, en regardant le match de football. Attends-moi ici, je reviens.

D'un geste rapide, elle la glisse au fond de la poche de sa veste et part en trottinant vers la porte. Martin laisse faire. Après tout… Il revient vers les bénévoles qui ont fini de distribuer les repas. Au fond de sa gamelle, il reste encore un peu de soupe froide. Décidément, il a tout loupé.

Pascal le dévisage, un air mi-moqueur mi-envieux.

— Ben, mon cochon…

— Quoi, mon cochon ?

— Ne fais pas l'innocent…

— Non, je ne vois pas…

— Tu crois que personne n'a vu que Gisèle te collait au train et que tu lui as filé ton mouchoir ?

Martin préfère en rire. Il va aider à charger le matériel du collectif dans la camionnette, laissant Pascal ruminer sa jalousie.

XXV
Martin

La nuit toujours, les camions toujours, la routine toujours… Martin fait le boulot, discute avec les routiers, surveille les dessous des « gros culs » et jette un œil aux camping-cars. Par chance, il ne trouve rien de suspect. Puis il rentre seul au bungalow.

Ce soir, David n'a pas le temps pour un dernier verre. Un rendez-vous matinal chez le médecin l'empêche d'aller s'en jeter un dernier, il veut dormir un peu. Martin n'insiste pas. Mais il n'a pas très envie de solitude. Ça lui arrive les soirs de spleen et ce soir en est un.

Dans ces cas-là, il cherche la foule. Vu l'heure, inutile d'envisager un tour au supermarché. Un bar de nuit fera l'affaire. Mais est-ce que ça existe à Ouistreham au mois d'octobre ? Il y aurait bien le casino mais l'heure de fermeture n'est-elle pas dépassée ? Martin n'en sait rien et la marche, ce soir, très peu pour lui. Il a assez donné sur le parking. Il réalise finalement que la cafétéria de la gare maritime est ouverte 24 heures sur 24.

Plutôt que de s'aventurer dans le village, il fait demi-tour et pousse la double porte de ce vaste bâtiment décloisonné et toujours aussi désert. Un traveller aux cheveux gras et à la parka kaki qui a perdu toutes les guerres dort par terre, enroulé dans son duvet. Un peu plus loin, accoudés au comptoir, deux couples d'Anglais refont le monde à coup de Guinness, à proximité de la fresque aux oiseaux de mer et aux cabines de bain. Ce n'est pas du Monet mais on s'en contentera. Surtout que le petit blanc qui lui est servi bien frais réconcilie un peu Martin avec la vie.

Seul à sa table, Martin en commande un deuxième. La serveuse ne le voit pas. Elle a les yeux rivés sur son écran de télé qui propose une rediffusion nocturne d'un épisode de « Plus belle la vie ». Elle est tellement absorbée par l'intrigue qu'elle ne remarque pas non plus que deux hommes viennent d'entrer dans son espace. Martin n'y prête guère attention jusqu'au moment où ils s'assoient en face de lui.

Martin les regarde, surpris. Il y a de la place ailleurs, non ? Le duo est constitué d'un costaud aux cheveux blancs crépus et un petit binoclard et rondouillard. Tous deux portent des costumes bas de gamme fripés. Ils sentent la sueur et l'eau de Cologne bon marché.

— Tu bosses pour les moricauds ? demande d'emblée le petit, dévoilant, dans son sourire ironique, de vilaines dents jaunies par le tabac.

Martin se demande s'il a bien entendu. Il sent sa mâchoire se crisper. Il n'aime pas ce genre d'entrée en matière. Il lui demande de répéter, la main posée sur son verre. Le grand calme le jeu et répond, sourire Ultra Brite et fausses dents en pagaille :

— Excusez mon ami, il est parfois un peu impulsif, je vais dire les choses autrement. Vous travaillez pour Novak Borovic ?

Martin acquiesce. Il n'a rien à cacher mais il se demande quand même ce que ces deux-là lui veulent. Il regarde à droite et à gauche. Il ne risque rien. Il y a toujours du monde au comptoir et « Plus belle la vie » à l'écran.

Martin jurerait qu'ils portent une arme sous leur veste. Celle du petit penche à droite. L'autre n'est sûrement pas venu les mains vides non plus mais que lui veulent-ils ? Il vient juste d'arriver à Ouistreham et n'a eu le temps de se froisser avec personne.

Le grand relance la conversation. Sa grosse voix se veut rassurante mais ses yeux laissent passer un message clair : je ne suis pas ton ami.

Il demande à Martin si lui et ses collègues laissent passer facilement les clandestins. Martin s'étonne de propos aussi directs. Il ne sait pas trop sur quel pied danser.

— Vous êtes de la police ? ose-t-il.

Les deux se regardent. Le grand rigole gras, avec l'assurance de celui qui n'a peur de rien.

Tout en sortant de son portefeuille une carte dont il ne laisse voir qu'un coin tricolore, le grand reprend :

— Pas vraiment, mais on rend des services.

Le petit rit comme une hyène, il semble chercher sans cesse l'approbation de son acolyte. Martin le trouve très agité. Il a des tics. Comme un type qui aurait pris de la coke. Martin lui mettrait bien une beigne mais à deux contre un, il ne fera pas le malin. Tout en restant sur ses gardes, il opte pour la modération. Il explique que non, à la SPB, l'un des grands principes est de ne laisser passer personne.

— Ce n'est pas ce qu'on nous a dit, souffle le petit, la médisance entre les dents.

— Cela ne veut pas dire que personne ne passe, répond Martin, des gens ont déjà échappé à l'attention des employés de la SPB. Mais, les consignes sont strictes et, sauf erreur de ma part, tout le monde les respecte.

— À coups de battes de base-ball ? interroge le petit, les yeux rivés sur le fond de son verre.

Martin est surpris mais comprend immédiatement l'allusion. Les deux vigiles salvènes qui patrouillent parfois sur le quai ne passent pas inaperçus. Martin leur annonce qu'il est nouveau dans la boîte et qu'il ne connaît rien du passé de la SPB. En ce qui le concerne, c'est une semaine et retour à la maison.

— Mais, ces gars-là, tu les trouves nets ? grimace le petit, passé au tutoiement tout en regardant la cigarette Gitane qu'il tapote sur le bord de la table.

Martin vide son verre avant de répondre :

— Net ou pas net, ce n'est pas mon problème. Je vous rappelle que je suis seulement de passage ici. Mais, pourquoi vous voulez savoir ça ?

Le grand prend le relais :

— Parce qu'il se passe des choses pas claires sur le quai. Des gens passent, d'autres non…

— D'autres trépassent aussi, coupe Martin, ironique.

— Oui, façon Dragan, réplique le grand, d'un rire tonitruant qui fait se retourner les quatre Anglais ensuqués dans leur bière brune.

— Dragan qui ? feint Martin.

— Allons, s'éclate le petit. Ne nous dis pas que tu ne connais pas Dragan Borovic, le barbare des Balkans.

— Je ne connais pas de Dragan Borovic. Je connais seulement Novak, ment Martin.

— Son fils, complète le grand.

— Mon patron.

— C'est ça, ton patron. Sauf que ton patron est comme nous tous. Il a un père et, manque de chance, le sien s'appelle Dragan.

Le petit se bidonne. Ses yeux se plissent et laissent apparaître des larmes de joie. Il en faut peu pour le rendre heureux, pense Martin. Lui ne trouve pas la plaisanterie très drôle.

— Et alors ?

— Oh, excuse-moi, lâche le grand escogriffe. Mais, pendant la guerre en Salvénie, Dragan avait des façons de faire qui ne sont pas sans rappeler…

— Je sais ce qui s'est passé, coupe Martin. Je connais ces histoires et je lis les journaux. Mais rien ne prouve que la mort à laquelle vous faites allusion soit signée Dragan.

— Si, tranche le petit, péremptoire. La méthode ! Tout est dans la méthode !

— Dragan est un barbare en costume en lin, c'est de notoriété publique, poursuit le grand. Des types qui en crucifient d'autres, comme Dragan l'a fait dans son pays et comme il le fait aujourd'hui chez nous, il faut s'en débarrasser.

Le petit opine du chef. Martin se demande qui sont ces gens qui ne lui disent décidément rien qui vaille. Il préfère prendre congé. La blague a assez duré et il est temps de dormir. Martin se lève et avance vers le comptoir.

— Laisse, c'est pour nous, lance le grand.

— La prochaine sera pour toi ! conclut le petit, hilare.

Martin ne les écoute plus. Il passe au comptoir et paie sa note avant de sortir sans dire au revoir à la jeune femme du bar, qui s'assure encore que décidément, la vie est plus belle à la télé.

Une fois à l'extérieur, Martin passe à proximité d'une puissante voiture allemande un peu esseulée sur le parking endormi de la gare maritime. À l'intérieur, le voyant rouge de l'alarme clignote. Il se demande si ce n'est pas celle de ses deux interlocuteurs de la cafétéria, il les verrait bien dans ce genre d'auto. Il note mentalement la plaque d'immatriculation et la communique par SMS à William, ça peut toujours servir.

XXVI
Martin

L'ami policier ne devait pas travailler la nuit dernière. Ou alors, il était débordé par les violences conjugales et les actes de délinquance nocturne. À moins qu'il ait réécouté l'intégrale de Bruce Springsteen, confortablement assis dans son fauteuil, le casque sur la tête pendant que sa famille dort. En tout cas, il ne s'est pas manifesté. Mais le lendemain matin, alors que Martin fait chauffer son café dans la kitchenette du bungalow, William appelle. Il est au commissariat de Caen. Il s'est renseigné. Il a trouvé sans problème le nom du propriétaire de la voiture. Il le donne à Martin qui, machinalement, le note dans un petit carnet. Sans savoir pourquoi, Martin imagine que c'est celui du grand.

— Est-il connu des services de police ? demande Martin.

— Attends, répond William, je regarde le dossier, mais ce qui est sûr, c'est qu'ils ne sont pas de la maison.

Martin l'entend tapoter sur un ordinateur.

— Non, je te confirme. À l'exception de quelques excès de vitesse ou d'infractions au stationnement, on n'a rien à lui reprocher.

— Dans quelle région les commet-il ?

— C'est ça qui peut surprendre, observe William. Il en commet peu mais il sévit partout en France. Il semblerait que ce garçon roule beaucoup. Quoique, attends…

— Attends quoi ?

— Souvent, les contraventions ne sont pas inscrites au nom du propriétaire de la voiture. Une personne écrit toujours afin d'expliquer que c'est elle qui conduisait le jour de l'infraction.

— Un homme aussi ?
— Un autre, oui. Toujours le même d'ailleurs.
Martin note avec application le deuxième nom que lui donne William. Il imagine volontiers le petit trinquer pour le grand. Vu le numéro de duettistes auquel il a assisté la veille, c'est plus que plausible. Il remercie William qui lui demande quand même le motif de cette requête. Martin explique brièvement sa rencontre de la nuit, n'omettant ni les armes qu'il pense avoir vues sous les vestes ni le bout de carte tricolore qu'il a aperçu. William le prie d'être vigilant avant qu'ils raccrochent.

Martin se sert son café. Il en a grand besoin. Il n'a pas bien dormi. La rencontre de la veille avec les deux types louches lui est restée sur l'estomac. Assis dans le canapé défoncé, Martin ne cesse de s'interroger. Qui sont-ils ? Des barbouzes ? Des truands ? Des trafiquants ? Difficile à dire. Martin est tenté d'écarter la première option, la carte tricolore ne veut rien dire, surtout qu'il n'en a vu qu'un bout et pas même de photo. Pour les autres, il hésite. Ses pensées vagabondent et ne le mènent nulle part. À chaque fois qu'il essaie d'y mettre de l'ordre, à chaque fois qu'une théorie lui semble cohérente, il ferme les yeux et tout se mélange.

Une seule chose est sûre : ce duo de choc lui a fortement déplu. Il hésite à en parler à Gisèle, à David ou même à Novak. À la réflexion, il préférerait éviter.

Avant toute chose, il décide d'aller prendre l'air. S'il ne pleut pas encore, le temps est toujours à la grisaille et on ressent l'humidité dès qu'on met le nez dehors. Le quartier isolé où réside Martin se prête bien à la balade solitaire. Mais cette zone naturelle et sauvage ne l'attire pas trop. Cette fois, il a envie d'un endroit plus fréquenté et il ne veut pas se priver de découvrir l'autre versant de Ouistreham. Il repasse sur l'autre rive, longe la gare maritime et après en avoir dépassé les clôtures, arrive à proximité d'une impressionnante sculpture de métal symbolisant un Arbre de la liberté. Celui-ci doit rendre jaloux ses voisins qui perdent leurs feuilles une fois l'été terminé, songe Martin. Son tronc élancé est décoré avec soixante-dix feuilles de métal. Chacune représente un témoin de la Seconde Guerre mondiale, rencontré par des élèves bas-normands avant les commémorations du 70e anniversaire du Débarquement et de la bataille de Normandie.

Martin lit une feuille sur laquelle sont écrites cinq phrases. Deux retiennent son attention : « Nous avons dû faire la guerre pour avoir la paix », de Gordon Newton, et « Résister se conjugue au présent », de Pedro Martin. Ces petits mots ont une résonance étrange pour lui qui passe ses journées de travail non loin des clandestins, qui ont moins fui leurs pays que les guerres qui les ravagent.

Martin poursuit sa promenade. Il pénètre dans un petit paysage dunaire qui précède une longue étendue de sable sur laquelle a été posé un ruban de bitume pour les marcheurs. Au loin, une imposante station de la Société nationale de sauvetage en mer se détache de l'horizon. Elle est idéalement placée pour surveiller les baigneurs et gâcher le paysage.

Juste avant d'arriver sur ce chemin, Martin aperçoit trois silhouettes vaguement cachées entre les dunes. Martin s'arrête et regarde. Il est trop éloigné pour les voir distinctement mais il jurerait que ce sont les deux types de la veille au soir et un troisième qu'il ne parvient pas à identifier. Normal, l'homme est à terre et se fait tabasser en règle par les deux autres.

Martin jette un œil alentour. Personne. Il approche doucement, aussi courbé que possible pour qu'on ne le repère pas. De toute façon, les deux agresseurs semblent trop occupés pour le remarquer. Il progresse entre les dunes. En bout de plage, sur un petit parking, il aperçoit la Mercedes entrevue la veille à la gare maritime. Elle semble vide.

Il avance encore et s'allonge dans le sable. D'où il est, il a la confirmation que ce sont bien Le Shérif et Le Petit Tonio. Interpellé par la couleur de son vêtement, Martin se demande si le troisième n'est pas Azem. Les deux autres semblent s'amuser au détriment de leur victime à terre, multipliant les coups de pied sur un homme roulé en boule qui passe un sale quart d'heure.

Martin ne sait que faire. Aller au clash ? Il est loin, pas armé, et sûrement pas assez rompu à l'art du combat rapproché pour affronter deux gars d'un coup, surtout que ce duo semble abonné aux mauvais coups. Téléphoner aux gendarmes ? Le temps que la cavalerie arrive, tout sera fini, comme dans un mauvais western. Appeler à l'aide ? Martin regarde autour de lui. Personne, c'est l'automne. En se retournant, il revoit l'auto des gros durs. Ni une ni deux, il ramasse un gros galet et fonce vers la berline allemande. Il la contourne et aperçoit ce qu'il espérait : comme la veille, l'alarme est branchée.

Martin recule un peu et projette la pierre de toutes ses forces contre la vitre du conducteur. Le carreau explose. Le caillou atterrit sur le siège du passager et écrase un paquet de cigarettes Gitanes abandonné. L'alarme se déclenche. Martin repart se cacher dans les dunes. Jouissant d'un point d'observation discret sur l'auto hurlante, il téléphone en numéro masqué à la brigade de gendarmerie. Au fonctionnaire de permanence au standard, il déclare, sur un ton exagérément apeuré, qu'il a vu un grand type costaud et son complice vandaliser sa voiture et leur demande d'intervenir au plus vite.

— Message reçu, on envoie un véhicule. Surtout, ne tentez rien. Ne prenez aucun risque inutile ! Nous serons sur place dans moins de deux minutes ! Une voiture est en patrouille dans le quartier.

Couché dans le sable, Martin voit passer Le Shérif à quelques mètres de lui. Comme il s'y attendait, le déclenchement de l'alarme a offert un sursis à Azem ou à celui qui lui ressemble. Déstabilisé par sa course dans le sable, le type aux cheveux blancs arrive tout essoufflé. Il fait le tour de la voiture avant de découvrir l'état du carreau. Il grogne des mots que Martin n'entend pas mais dont le sens est facile à deviner. Il jure doublement quand il voit une voiture bleue rappliquer à grande vitesse. Martin voit le grand jeter un regard vers la plage et crier de toutes ses forces :

— Tonio, file ! Les flics débarquent !

Puis, discrètement, Le Shérif fait quelques pas sur le côté et se débarrasse de quelque chose dans la poubelle. Son arme ? Martin est trop loin pour en être certain. Il regarde le grand réajuster sa veste et attendre les flics avec un semblant de prestance.

À peine sont-ils descendus de leur véhicule bleu barré d'une large bande blanche que la conversation s'envenime. Martin voit bien que le grand ne comprend pas ce qui lui arrive. Il tend le bras vers l'auto en criant : « C'est la mienne ! C'est la mienne ! » Les gendarmes n'en ont cure. Ils l'invitent, d'un geste d'apaisement, à se calmer. Martin n'entend pas sa réponse. Il a l'impression qu'il essaie d'expliquer quelque chose et glisse une main dans sa veste avant de la ressortir, vide. L'homme fait des gestes amples. Puis, Martin voit l'attitude des gendarmes se durcir ostensiblement. Ils le somment de monter dans leur voiture. Le Shérif proteste et résiste. Cette fois, les deux fonctionnaires le poussent rudement vers la banquette arrière de leur véhicule de service.

Avant d'y prendre place, le grand hurle encore, gestes théâtraux à l'appui, que cette auto lui appartient. Le vent portant permet à Martin d'entendre un gendarme plein d'esprit lui répondre :

— Et ça vous amuse d'abîmer votre véhicule ? Vous allez nous expliquer ça au poste. Montez !

Martin rit intérieurement en voyant la voiture démarrer. Le voilà débarrassé d'un danger potentiel. Il en reste un autre, certes plus petit, mais sûrement pas moins dangereux. Martin se retourne et regarde vers la plage. Vide.

Martin bouge prudemment. Scrutant le paysage, il finit par les repérer, terrés dans le sable. Le Petit Tonio a sans doute entraîné son prisonnier vers une cachette, en attendant le départ des gendarmes. S'il écoute les consignes du grand, il pourrait agir vite. À Martin d'être le plus rapide.

Il arrive à les contourner. De son nouveau point d'observation, mieux placé, il a la confirmation que l'otage est bien Azem et que le petit est armé. Martin avance doucement, il veut les prendre à revers. Bientôt, il est juste au-dessus d'eux. Il n'a pas le droit à l'erreur. Il attend le moment favorable et se jette du haut de la dune pour ceinturer Le Petit Tonio. Il l'agrippe par le cou, l'entraîne dans sa chute mais ne le serre pas assez. Le petit est déstabilisé mais il riposte d'un vigoureux coup de coude que Martin reçoit en plein dans l'estomac. Il se plie en deux tandis qu'Azem prend la fuite, après avoir trébuché. Le petit se retourne. Il reconnaît Martin. Il lui jette un sourire narquois doublé d'un « Comme on se retrouve » menaçant. Il saisit un galet dans le sable et le frappe au visage. Martin tente d'esquiver mais prend un coup sur le nez, suivi d'un autre sur la tempe. Le sang coule dans sa bouche. Martin tombe à genoux. Ses yeux se révulsent. Dans un geste un peu désespéré, il tend une main ouverte vers le petit. Il le voit s'apprêter à le cogner une nouvelle fois. Martin ferme les yeux. Son compte est bon. Au moment où il pense recevoir un nouveau coup, il entend un bruit sourd. Il rouvre les yeux et voit, avec surprise, Le Petit Tonio vaciller puis s'écrouler à ses pieds.

Derrière lui, apparaît la silhouette d'Azem. Le Salvène n'était donc pas parti bien loin et était revenu pour mettre le petit hors d'état de nuire. Martin le regarde donner plusieurs coups de pied à sa victime, avec une préférence pour le thorax et l'abdomen. Il voit Azem une pierre à la main. Martin est fébrile. Il lui demande de ne pas achever le petit, groggy de coups. Il se sent proche de l'évanouissement. Il articule péniblement un « Merci » de circonstance avant de poser ses mains au sol. Il entend Azem lui répondre :

— Tu vois, police pourrie, en France aussi. Viens ! Je te soigne.

Laissant Le Petit Tonio évanoui dans le sable, Azem prend Martin par le bras. Il le soulève et le soutient sur cette plage de sable mou. Martin se relève avec difficulté. Ils s'éloignent du petit, non sans qu'Azem lui ait subtilisé son arme. Ils avancent vers la ville, passent devant la station de sauvetage en mer et le mini-golf. Ils parviennent assez rapidement à une zone pavillonnaire qui ressemble à un no man's land en cette période de l'année. Le silence est pesant, les volets sont fermés. Martin sent le sang qui coule sur son visage. Azem le lui éponge régulièrement, avec une sorte de mouchoir sale qu'il a sorti de la poche de sa veste. Martin progresse à ses côtés, hagard. Il ne sait plus où il va ni ce qu'il fait là. Il entend Azem lui parler sans discontinuer, sans doute pour qu'il ne perde pas connaissance. Il ne comprend pas grand-chose à son soliloque franco-salvène.

À l'angle d'une rue déserte, Azem s'arrête et prend le temps de regarder autour de lui. Personne. Il pousse précipitamment Martin dans le jardin d'un pavillon typique de la France des Trente Glorieuses. Garage en façade, étage à balcon, chambres des enfants dans la soupente. Azem soutient toujours Martin qui se sent au bout du rouleau.

Ils contournent la maison. À l'arrière, une petite terrasse en béton longe la construction. Azem ouvre une porte en bois dont la peinture blanche a mal résisté au poids des ans. Il entre. Martin a la vague impression de pénétrer dans un squat.

— Nous, pas voleurs, chuchote Azem, juste besoin d'abri. Pas vol...

Martin n'en entend pas davantage. Il s'évanouit sur le seuil du sous-sol.

XXVII
Martin

Quand il refait surface, Martin est aveuglé par la lumière dure et crue d'un néon. Il a mal partout, comme si on l'avait passé à tabac. Autant qu'il se souvienne, il n'a pourtant reçu que deux coups au visage. Ses fringues empestent la sueur. Il revoit la scène. Il sent que son corps est très douloureux. Il regarde autour de lui et découvre avec surprise qu'il est dans une sorte de camping en dur. Trois matelas de fortune ont été installés à même le sol, protégés du béton par d'épais cartons et de grosses couvertures. Une cuisine a été bricolée dans un coin de la pièce, avec une plaque chauffante double et un garde-manger riche en boîtes de conserve discount. Quelques chaises en fin de carrière entourent une table de camping vert d'eau. Azem demande à Martin comment il se sent.

— Mieux, répond Martin.

Il tente de se lever mais ses jambes ne le soutiennent pas. Azem doit l'aider à s'asseoir à la table. Il se penche sous l'évier et retire de l'étagère une trousse à pharmacie.

— Je vais désinfecter, annonce-t-il.

Malgré sa vue brouillée, Martin le voit badigeonner un bout de coton à l'aide d'une fiole au liquide transparent.

— Attention, ça faire mal ! prévient Azem.

Il pose le coton sur la plaie nasale de Martin qui pousse un petit cri de douleur.

— Chuuuuuut ! glisse Azem. Certains voisins pas nous aimer.

Martin hoche la tête pour dire qu'il a compris. Il souffrira en silence.

Alors que les soins touchent à leur fin, ils entendent des pas. Azem met la main dans sa poche et en sort l'arme du petit. D'un bond, il se décale par rapport à l'entrée mais se relève dès qu'il entend quelques mots dans une langue que Martin assimile au salvène.

Trois hommes entrent. Martin les reconnaît. Tarek, Igor, Slobodan. Les Salvènes qui n'avaient pas voulu collaborer la veille, lors de la distribution de nourriture. Ils sont aussi surpris que soulagés de retrouver Azem. L'un d'eux le prend par les épaules et ils échangent une accolade franche et virile. L'autre lui tape dans les mains, façon *Give me five*. Le troisième garde ses distances mais son regard exprime une joie non feinte. Il pose son tabouret dans un coin de la pièce et regarde Martin, les yeux plissés, aussi interrogatif que méfiant. Son visage porte les stigmates de leurs peurs et des illusions perdues. Il pose une question à Azem, sans quitter Martin du regard. Azem répond et se lance dans une longue explication accompagnée de force gestes, pendant que l'autre tire deux chaises et va chercher un tabouret à trois pieds au fond de la pièce. Vers la fin de son récit, il désigne parfois Martin du doigt. Slobodan, le francophone de la veille, se tourne vers Martin et lui explique, dans un français parfait.

— Azem nous affirme que tu l'as sauvé d'une mort presque certaine. Pourquoi as-tu fait ça ?

Posé sur sa chaise, Martin raconte brièvement l'épisode du quai d'embarquement vers l'Angleterre. La nuit. La fuite. Le choc. Et la pochette qui s'est trouvée en sa possession et qu'il veut rendre à Azem. Le Salvène francophone traduit. Martin voit le visage d'Azem s'illuminer. Il tend une main en guise d'apaisement, l'autre glisse dans la poche intérieure de sa veste. Quelques secondes plus tard, il en sort la fameuse pochette et la pose sur la table.

Azem n'en croit pas ses yeux. Il semble immensément heureux. Il la saisit, la caresse de ses mains avec application et, les yeux brouillés, l'embrasse à plusieurs reprises répétant plusieurs fois la même formule. Puis, il prend les mains de Martin dans les siennes et les serre chaleureusement en répétant des mercis sincères.

Le plus distant des Salvènes, Tarek, pose une question qui révèle ses dents de travers. Slobodan relaie en français. Il veut savoir pourquoi Martin a voulu rendre cette pochette à son propriétaire et pourquoi il ne l'a pas confiée à Novak. Martin note bien qu'il a prononcé le nom de son patron avec un dégoût profond.

Martin répond sans ambages que lorsqu'on lui a donné cette pochette, il n'a pensé qu'à une chose : la rendre à son propriétaire. Ce n'est qu'après l'avoir ouverte qu'il s'est rendu compte de la menace qu'elle représentait. Car, pour savoir à qui elle appartenait, Martin a bien dû l'ouvrir. Il y a trouvé des papiers d'identité salvènes, des articles de journaux jaunis sur le football et sur le procès de Dragan, un carton rouge, un sifflet, une liasse d'euros et une photo de famille jaunie. C'est une photo classique. On y voit un couple qui se tient debout et devant lui, un garçonnet avec un sifflet autour du cou. Le père et la mère ont posé une main sur l'épaule de leur rejeton. Leurs regards brillent de l'amour qu'ils portent à leur enfant en culottes courtes.

— Pourquoi tu as tant fait pour rendre la pochette ? demande Slobodan, aussi incrédule que méfiant.

— Parce que dans l'enveloppe, il y avait une photo de famille. C'est important pour moi, une photo de famille, je ne me sépare jamais de celle de ma fratrie ni de celle de ma famille. Elles ont plus de valeur à mes yeux que tout l'or du monde.

Il se tourne vers Azem.

— J'imagine que je ne suis pas le seul sur terre à accorder autant d'importance à ce genre de bout de papier. Alors, je voulais rendre sa photo à Azem.

Azem le regarde, l'air infiniment reconnaissant. Il ne comprend sans doute pas tout ce que dit Martin mais le mot « photo », il connaît car il regarde avec émotion le cliché quand Martin en a fini. Il relève et hoche la tête, en guise de remerciement.

Igor sort enfin de son silence pour poser une question. Il a de petits yeux noirs perçants et durs et le ton sec. Le francophone traduit.

— Et l'argent, tu ne le voulais pas ?

— C'est vrai que ça m'aurait bien rendu service, soupire Martin, sourire fataliste au coin des lèvres en pensant à son découvert. Mais j'ai supposé que ces billets étaient destinés à financer un passage en Angleterre. Je ne pouvais pas le garder. Désolé, c'est plus fort que moi.

— Nous, pas l'Angleterre, coupe Azem. Pas l'Angleterre.

Son ami francophone essaie de le faire taire. Il lui dit quelques mots avec fermeté. Azem n'en tient pas compte. Il insiste :

— Nous acheter armes avec l'argent !

Martin est stupéfait.

— Des armes ? Pourquoi achèteriez-vous des armes ?

— C'est affaire salvène, répond Azem, le menton levé et le poing serré, autant par défi que par fierté. Affaire salvène. Vengeance !

Martin pense immédiatement à Novak et au pauvre type retrouvé accroché à une barrière. Ces quatre-là n'auraient pas… ? Il tente le coup.

— Pourquoi voulez-vous vous en prendre à Novak ?

Azem hausse les sourcils :

— Novak ? Pas Novak. Drag…

Slobodan le coupe.

— Ça ne te regarde pas.

— J'explique, reprend Azem.

— Non, dit Slobodan.

Azem tend le bras en guise de refus. Il a des choses à dire, il les dira. Avant de reprendre la parole, il fouille sa pochette et en extrait la photo de famille qui avait touché Martin. Sa famille. Azem la regarde comme s'il s'agissait d'une relique, avec une pointe de désespoir dans les yeux.

Il prend une gorgée de café puis une longue inspiration avant de se lancer dans un long soliloque.

Slobodan garde la mâchoire serrée, il a compris qu'Azem ira au bout de son récit. Les deux autres suivent la discussion, le visage tourmenté. Ils semblent avachis, à bout de force.

— Novak, je connaître pas, assure Azem, de son français heurté. Mais Dragan oui, lui être malheur sur la Terre. Lui mériter six pieds sous terre. Six pieds sous terre !

S'appuyant parfois sur le français courant de Slobodan, Azem raconte avec mélancolie qu'au cours des années précédentes, sa route a croisé plusieurs fois celle de Dragan.

La première, c'était durant la guerre civile salvène. Les hommes de Dragan étaient entrés dans sa vie alors qu'il habitait avec sa mère, au calme, dans la forêt, aussi loin que possible du conflit. Ils avaient sauvagement tué la femme, sous les yeux d'Azem, avant de fuir précipitamment quand ils avaient été alertés de l'arrivée imminente d'une patrouille de Casques bleus.

Avant de poursuivre son récit, Azem essuie une larme qui perle au coin de ses yeux. Il reprend du café. Il penche la tête sur sa poitrine, puis la relève en plissant les paupières, comme s'il avait besoin de fouiller dans sa mémoire pour en faire ressurgir des souvenirs qu'il garde pourtant à fleur de peau. Martin garde les lèvres closes. D'une voix fatiguée, Azem rappelle que, quelques années plus tard, la paix est revenue en Salvénie. Le pays a été découpé. Les communautés ethniques ont été priées de se rabibocher et dans ce pays meurtri, Azem a trouvé un boulot à l'usine et s'est adonné à sa passion pour le football en arbitrant le championnat salvène, y compris au plus haut niveau national. Azem a cru son dernier jour arrivé quand il a donné un carton rouge au jeune espoir Novak Borovic, sous les yeux de son père et d'observateurs de clubs étrangers.

Cette sanction avait eu un petit goût de revanche pour Azem mais il en connaissait les conséquences. Quand il était sorti du stade et qu'il avait vu les hommes à tout faire de Dragan l'attendre près de sa voiture, Azem s'était cru condamné. Pourtant, les deux hommes ne l'avaient pas tué. Ils s'étaient « contentés » de le tabasser, lui brisant les rotules avant de l'abandonner au fin fond de la forêt salvène, pendu par les bras à un arbre. Ils imaginaient sans doute que les loups finiraient le travail.

Par un coup de chance qui tenait du miracle, un paysan avait trouvé Azem agonisant. Il l'avait soigné dans sa cabane perdue au milieu des bois. Azem ne se souvenait de rien. Il était au bout du rouleau quand ce brave homme l'avait découvert en fâcheuse posture. Il avait survécu, s'était refait une santé et avait réappris à marcher puis à courir.

— Presque comme avant…, dit-il avec amertume.

Le paysan lui avait donné de vieux papiers qui avaient appartenu à son fils, mort au combat, et Azem était réapparu sous une fausse identité. Il avait déniché un boulot dans une province aussi éloignée que possible de la capitale. Là, mois après mois, il avait économisé de l'argent, dans le but de tenter sa chance en ralliant l'Angleterre et d'oublier définitivement son destin salvène.

Il avait rejoint la France avec la complicité de passeurs qui lui avaient pris une bonne part de ses économies. Ils lui avaient promis Calais mais, sans qu'il sache pourquoi, il s'était retrouvé à Ouistreham. Passé la déception, Azem avait découvert que du port normand, on pouvait aussi traverser la Manche. Les côtes britanniques étaient juste un peu plus loin, 180 kilomètres. Il avait repris espoir et attendu de pouvoir saisir sa chance. Les passeurs disaient qu'ils avaient des complices sur place. Azem avait posé son sac dans la jungle, s'était intégré et avait pris son mal en patience. Un jour, ces fameux complices étaient enfin venus au village. Azem avait été tétanisé en découvrant leurs visages : c'étaient les deux hommes de Dragan qui lui avaient brisé les jambes après le carton rouge de Novak ! S'il les avait reconnus, ils le reconnaîtraient sans doute aussi. Azem avait eu trop peur. Il avait pris la poudre d'escampette et fui le village des clandestins en se demandant si son cauchemar s'arrêterait un jour. Il avait erré dans Ouistreham et fini par trouver refuge dans le sous-sol d'un pavillon, déserté à cette période de l'année.

— Mais moi, pas voleur, pas voleur, répète-t-il à Martin.

Après quelques jours vécus dans la terreur, Azem avait réussi à se raisonner. Ses papiers donnaient l'identité d'un autre individu. Des années avaient passé, il avait forcément changé. Il n'était plus le jeune homme chétif qu'il avait été. Son visage avait perdu toute trace d'insouciance après ce qu'il avait vécu dans son pays et sur la route.

Depuis, les hommes de Dragan avaient sans doute commis bien d'autres méfaits et vu des centaines d'autres visages. Ils ne l'identifieraient probablement pas aussi facilement que lui l'avait fait.

Un jour, il avait finalement osé se présenter à une distribution de repas dans la salle communale, là où les hommes de Novak ne se montraient jamais. Il y avait retrouvé les amis salvènes qu'il s'était fait dans la jungle. Leur point commun était de ne pas avoir pris les armes aux côtés de Dragan pendant la guerre civile. Soit, comme Azem, ils étaient restés neutres ; soit ils avaient lutté pour l'autre camp. Depuis, ils passaient régulièrement le voir, le tenaient informé de ce qui se passait au village et dormaient parfois dans le sous-sol, à ses côtés.

Terré au fond de sa cache urbaine, finalement paisible hors saison, Azem était parvenu à une conclusion un peu folle : si sa route croisait celle de Dragan pour la troisième fois, ce n'était pas un hasard. Cela signifiait que l'heure de la vengeance avait sonné. Azem devait agir, pour lui, pour sa mère et pour son peuple meurtri. Il n'était pas la Cour internationale de justice de La Haye mais ça ne l'empêcherait pas de faire justice. Ses amis avaient tous adhéré à son funeste projet.

— Et l'Angleterre ? demande Martin à Azem. Vous étiez là pour ça, non ?

— L'Angleterre attendra, répond, à sa place, Slobodan, le front plissé.

Azem préparait son mauvais coup quand Martin l'avait croisé la première fois. Contrairement à ce que Martin avait pu penser ce soir-là, il n'essayait pas du tout de passer outre-Manche. Il s'infiltrait de nuit dans le parking pour mieux repérer les lieux et frapper Dragan le moment venu.

— Mais, s'étonne Martin, une chose m'échappe. Ce n'est pas Dragan qui travaille sur le quai, c'est Novak.

Tarek siffle entre ses dents de guingois. Il secoue doucement la tête. Sa mine en dit long sur ce qu'il pense de la naïveté de Martin.

Les yeux dans les yeux, Slobodan répond :

— Tu n'as rien compris, Martin, Novak n'est que l'instrument de son père. Un paravent. Il ne nous intéresse même pas. Nous voulons liquider Dragan. C'est lui qui contrôle tout. Il est le diable.

— Soit, répond Martin, mais je t'ai vu, Azem, et si je t'ai vu, c'est que tu as de sérieux progrès à faire en matière de discrétion. Je crains que tu n'arrives jamais à échapper aux vigiles de Novak qui t'ont fait beaucoup de mal par le passé.

En guise de réponse, Azem sourit timidement tandis que Slobodan s'esclaffe et tape sur l'épaule d'Igor en disant quelque chose en salvène. Tarek et Igor partent d'un grand éclat de rire aussi. Martin est surpris. Il n'y a pourtant rien de drôle. L'heure serait même plutôt à la gravité, non ?

— Tu l'as vu lui, lâche Slobodan, reprenant son sérieux, accompagné d'un regard froid qui fiche les jetons. Mais tu ne nous as pas vus, nous. Pourtant, nous étions à moins d'un mètre de toi. Si tu avais touché un seul cheveu d'Azem, je te tranchais la gorge. Ou lui. Ou lui.

Igor et Tarek approuvent en souriant, comme s'il s'agissait d'une bonne blague entre amis. Tarek sort même de sa pochette un couteau à longue lame. Il la passe sous sa gorge en émettant un petit « couic ». Effet garanti sur les Salvènes. Un peu moins sur Martin qui, machinalement, glisse un doigt à la base de son cou. À leur tête, il comprend qu'ils auraient agi sans hésiter. Slobodan continue.

— Mais nous avons vu ce que tu as fait. En éteignant ta lampe torche, tu as laissé une chance à Azem. Tu es un honnête homme, Martin, un honnête homme dont le seul tort est de travailler pour Novak.

Martin revoit la scène. Il a quelques sueurs froides *a posteriori*. Il a une pensée fugitive pour Estelle, la copine d'Anne-Cécile. Soit elle se renseigne mal sur ses clients, soit l'argent n'a pas d'odeur chez les concurrents d'Astuce Intérim… Il relance la conversation :

— Qu'allez-vous faire maintenant ?

— C'est simple, répond Slobodan. Après-demain soir, nous allons pénétrer sur le parking et nous agirons.

— Vous êtes sûrs d'y arriver, comme l'autre fois ?

— Ce sera même plus facile. Comme tu travailles et que nous te connaissons désormais, tu nous laisseras passer discrètement. Nous viendrons à la nuit tombée.

Martin se demande comment ils peuvent être informés de son emploi du temps. L'un des vigiles de Novak servirait-il de relais auprès des Salvènes clandestins ? Martin évacue cette possibilité. Toute relation de Novak ou de Dragan semble être un ennemi mortel pour ce petit groupe de migrants revanchards. David ? Il semble tellement détaché de tout ça que Martin écarte l'idée très vite. Un autre employé qu'il ne connaît pas ? La secrétaire qu'il n'a jamais vue ?

— Pourquoi après-demain ?

— Parce qu'après-demain, des clandestins vont passer, on le sait, assure Slobodan. Ils paieront leurs passeurs et Dragan viendra récolter l'argent.

Martin s'en étonne.

— La nuit, je n'ai jamais vu personne d'autre que Novak, ses hommes de main et mon collègue sur les quais, commente-t-il, et à ma connaissance, Novak n'est pas un passeur.

Slobodan traduit. Tout le monde rigole encore, sauf Martin qui esquisse juste un geste embarrassé devant leur attitude moqueuse.

— Tu as raison, Martin, Novak n'est pas un passeur mais son père oui. Dragan a toujours fait le mal et il continue. Ne crois pas qu'il a fait la guerre pour une noble cause, sa seule préoccupation était de s'enrichir et il a très bien réussi. C'est un vil opportuniste. Quant à toi, je crains que tu aies toujours été crédule et tu continues, ricane le francophone.

— J'aimerais comprendre.

— Je vais t'expliquer. La formule est simple. Grâce au marché décroché par la SPB, Novak a la mainmise sur le parking d'embarquement. Parfois, son père et ses collaborateurs amènent des clandestins pour les faire passer en Angleterre. En d'autres termes, l'un dispose d'une activité légale qui permet à l'autre d'exercer une activité illégale.

— C'est confortable, je comprends mieux.

— Après-demain, nous sommes sûrs qu'ils seront là tous les deux. Nous avons nos informations. Elles sont fiables. Nous serons là aussi. Nous emmènerons Dragan pour son dernier voyage. Ou nous le tuerons sur place, ça n'a pas tellement d'importance.

— Et Novak ?

— Il n'est pas notre priorité, on ne lui veut pas de mal. Mais s'il se dresse sur notre passage, tant pis pour lui.

D'un geste, Slobodan pointe son index vers Martin, le pouce plié, et émet un petit « Pan ». Les trois autres applaudissent et commentent, l'air décidé.

— Six pieds sous terre, répète Azem, six pieds sous terre !

Ils se resservent un café auquel Tarek, silencieux, ajoute quelques gouttes d'une boisson transparente.

Martin a bien saisi qu'il est piégé mais une zone d'ombre demeure. Quel rapport existe-t-il entre ces Salvènes clandestins, le duo Novak-Dragan, et le grand et le petit qui semblaient prêts à tuer Azem sur la plage, un peu plus tôt dans la journée ?

— Qui sont les deux hommes ? Le grand et le petit qui se sont attaqués à Azem dans les dunes ? demande Martin. Si j'en juge par ce qu'ils m'ont dit, ils ne semblent pas apprécier Novak. Mais si j'en juge par ce qu'ils ont fait à Azem, ils ne sont pas vos amis non plus.

— Tu sais, Martin, dans ce monde interlope, l'amitié ne compte pas, explique Slobodan. Nous, dit-il en montrant les autres Salvènes d'un large geste du bras, nous sommes des camarades de combat, des frères d'armes. Nous avons lutté pour la même cause, pour notre peuple et notre liberté. Les deux hommes dont tu parles s'appellent Le Shérif et Le Petit Tonio. Eux, c'est autre chose. Ils sont venus parce que nous les avons appelés. Ce sont des trafiquants à la petite semaine, comme vous dites en France. Aujourd'hui, ils travaillent pour nous mais demain, ils pourraient travailler pour Dragan. Tu as besoin de quelque chose d'illégal ? Tu leur téléphones. Comme nous voulions des armes, nous les avons appelés. C'est aussi simple que ça.

— Vous les connaissiez ?

— Disons que dans la jungle, tu peux facilement obtenir des contacts. Il suffit d'avoir de l'argent. Azem devait les rencontrer pour leur donner la somme qu'ils demandaient. Seulement, entre-temps, nous sommes venus sur les quais. On nous avait dit que Dragan serait là et que c'était le moment d'agir. Mais il n'est pas apparu. Cette nuit-là, comme tu le sais, Azem a perdu la pochette où il avait mis nos économies pour les payer. Dès lors, le marché n'était plus possible, ils étaient venus pour rien et crois-moi, Martin, ces gens-là ne viennent jamais pour rien. Ils nous ont donné un peu de temps pour les rembourser mais, en parallèle, ils ont cherché Azem sans relâche. Par le plus grand des hasards, ils l'ont retrouvé à deux pas de la plage. Ils l'ont emmené avec eux et ils ont voulu lui faire payer cher sa négligence. Ils sont mauvais.

— Très mauvais, reprend Azem, en montrant la tempe douloureuse de Martin. Très méchants. Eux vouloir me tuer parce que j'ai perdu argent.

Martin ne peut s'empêcher de s'inquiéter pour ses interlocuteurs. Ils sont quatre. Ils semblent disposer d'une arme seulement : celle qu'Azem a récupérée sur le petit lorsqu'il était évanoui. Martin repense au grand qu'il a vu jeter quelque chose – un revolver peut-être – dans la poubelle municipale mais il choisit de ne rien dire. Comme s'il lisait dans ses pensées, Slobodan le rassure sur leurs motivations :

— Notre courage est plus grand que les armes.

— Et si je ne venais pas ou que je décidais de ne pas vous aider ?

La réponse tombe, directe, brutale :

— Nous t'avons vu à l'œuvre avec Azem et nous pensons que tu es correct. C'est encore plus vrai depuis que tu as sauvé notre ami, cet après-midi. Mais si tu nous dénonces ou si tu ne joues pas le jeu, nous avons deux possibilités.

Il s'interrompt le temps de sortir de sa poche un téléphone portable. Il cherche quelques secondes l'onglet consacré aux

SMS. Il appuie sur une image qui s'agrandit sur l'écran et la montre à Martin. Martin se fige, interdit. Il ne peut détacher ses yeux de la photo. On y voit une femme élégante, les cheveux cachés sous un foulard chamarré, penchée sur un cheval dont elle tient le boulet et le paturon. Le visage décidé, le regard intense, en plein travail. La bannière qui flotte derrière elle ne laisse planer aucun doute sur l'endroit où a été pris ce cliché : la Salvénie.

— Elle est belle, pas vrai ? apprécie Slobodan.

— Oui, très belle, très belle, applaudit Tarek, admiratif.

Martin ne répond rien. Il a très bien reconnu Carole, son ex-femme qu'il n'a jamais vraiment cessé d'aimer. Il sent que le piège salvène se referme petit à petit sur lui. Il n'a pas tout vu quand Slobodan reprend :

— Donc, soit nous demandons à des amis, restés au pays, de s'occuper de ta femme qui participe actuellement à un concours international de chevaux en Salvénie. Soit…

Il sort de sa poche un rectangle de papier blanc qu'il retourne pour que Martin le voie bien.

— … nous nous penchons sur le cas de tes enfants.

Martin vacille sur sa chaise. La photo qui avait disparu est là, sous ses yeux ! Il a soudain très envie de quitter ce sous-sol.

— Ne néglige pas notre pouvoir de nuisance, Martin. Dragan est le mal mais tu ne sais pas ce que nous avons vécu avant d'arriver ici. Aujourd'hui, nous sommes prêts à tout pour nous venger.

Martin les regarde tour à tour. Il sent chez ces Salvènes un mélange de chaleur et de froide détermination. Ils ont vivement apprécié le geste que Martin a fait en faveur d'Azem mais il est évident que s'il n'agit pas comme ils l'ont dit, ils s'attaqueront sans hésiter à ce qu'il a de plus cher.

Quand Martin repart, le soleil descend doucement sur Ouistreham, plongeant un peu plus l'intérimaire dans la noirceur de l'âme humaine. Il est comme assommé. Le voilà placé au centre d'un complot salvène qui lui échappe totalement. Il hésite à appeler William. Son ami policier pourrait peut-être intervenir afin d'éviter cette mort annoncée et mettre ses enfants à l'abri, au moins provisoirement. Mais Carole ? Comment la joindre ? Martin en tremble…

Sur le chemin du retour au bungalow, il profite du crépuscule pour faire un discret crochet par le parking de la plage. Là où le grand malfrat a jeté un objet dans la poubelle…

XXVIII
Guillaume et Brunehilde

Toute la nuit, Martin a cogité sur le piège dans lequel il s'est fourré. Il a le sentiment d'être au fond d'une impasse alors que l'immensité de la mer lui tend les bras. Au travail, il n'en a pas parlé à David qui s'est inquiété en voyant son visage tuméfié. Martin a menti, parlant d'une chute survenue après quelques verres de trop. Les deux ont ri et Martin a ensuite fait son travail et refusé de boire un verre après le service. Il avait besoin de repos et de solitude, afin de réfléchir tranquillement.

La nuit n'a pas été de tout repos mais le sommeil a fini par le saisir, alors que l'aube n'était plus très loin. Quand il se réveille, Martin n'a qu'une envie : profiter de son jour de repos pour aller voir Brunehilde et Guillaume et les serrer dans ses bras. Il a besoin de se rassurer. Il dispose simplement de l'heure du déjeuner pour partager un peu de temps avec sa progéniture, école oblige. Il le fait aussi souvent que possible, en accord avec Carole qui ne l'a jamais empêché de les voir lorsqu'ils sont chez elle. Il passe aussi les chercher le temps de la pause du midi. En général, les enfants sont ravis. Cette fois, Martin a demandé à la directrice de leur établissement de Beauville-en-Auge de leur réserver la surprise.

Brunehilde arrive la première, tout sourire. Duffle-coat et chaussures vernies de rigueur. Figure classique tout droit sortie de *Madame Figaro* si sa chevelure n'arborait un serre-tête en velours sur lequel sont accrochées quatre figurines des Tortues Ninja avec des élastiques multicolores ! Brune n'a pas son pareil pour imaginer des coiffures toujours plus originales. Martin a l'habitude mais cette fois, elle a fait fort ! Il sourit intérieurement. Pas question de froisser Michelangelo, Donatello, Leonardo et Rafaelo qui semblent en fâcheuse posture. Ignorant un quelconque intérêt de sa fille pour ses quatre justiciers verts, Martin imagine volontiers que la sœur a gagné un jeu contre son frère et qu'il a dû consentir à lui prêter ses petits personnages pour la journée, la semaine ou plus si affinités. Ça dépend de leurs élans enfantins.

Le temps que Martin câline sa fille et la rassure sur son nez écorché – un simple accident de travail, dit-il – Guillaume se pointe. Le garçonnet affiche clairement la tête des mauvais jours.

— Que se passe-t-il, mon grand ? demande Martin.

— Rien, bougonne son fils, le regard noir, tandis que Brune glousse, en serrant fort la main de son père.

— Tu es sûr ?

Réponse laconique en trois lettres.

— Oui.

— Vraiment sûr ?

Brunehilde intervient :

— Il râle parce que…

— Tais-toi, tonne le frère.

— Parce qu'on a fait un pari et…

— Mais tais-toi, je te dis !

Martin connaît leurs querelles par cœur.

— Allons, calmez-vous, je n'ai pas fait toute cette route pour vous voir vous chamailler. Nous avons peu de temps à passer ensemble. Vous ne préférez pas aller manger au restaurant plutôt que vous disputer ?

— D'accord, répondent en chœur les deux enfants, soudainement réconciliés par l'appel du ventre.

— Et qu'est-ce qui vous ferait plaisir ?

Comme toujours, Brunehilde dégaine la première :

— Une pizza à la banane !

Son frère hoche la tête et boude un peu plus. Le père et la fille se marrent. Ils filent à la pizzéria la plus proche. On n'y sert pas le mets préféré des Tortues Ninja mais il y a un menu enfant, la quatre-fromages est copieuse et le blanc est servi frais. Personne ne se plaindra. Sauf le banquier de Martin qui lui reprochera sans doute d'être allé au resto alors que ses comptes étaient dans le rouge…

Mais pour Martin, peu importe. Les enfants sont heureux de passer ce petit moment avec leur père et la réciproque est plus que vraie. Ces moments-là n'ont pas de prix et tant pis pour les agios.

Entre la poire et le fromage et en essayant de garder son inquiétude pour lui, Martin demande à ses enfants s'ils ont des nouvelles de leur mère.

— Elle a oublié son téléphone dans sa chambre. Tu la connais, soupire Brune, la bouche pleine de glace au citron. Résultat, elle ne peut pas nous appeler souvent...

Martin ne peut s'empêcher de se remémorer les propos entendus la veille et se dit qu'une femme sans portable, dans un pays qui peut se révéler hostile, est forcément plus vulnérable.

Le temps passe trop vite. Après un déjeuner vite avalé et une petite marche dans le jardin public tout proche, Martin raccompagne sa progéniture à l'école. Brune, enjouée, embrasse son père en lui chuchotant qu'elle l'aime fort, Guillaume ne dit rien mais serre son père contre lui pendant de longues secondes, ça vaut toutes les déclarations du monde. Martin les regarde partir avec une boule au cœur grosse comme ça.

Pour le retour, entamé sous un soleil d'automne doux et mélancolique et terminé sous une bruine qui devient plus dense à mesure qu'il se rapproche de la côte, Martin roule vitres fermées, chauffage poussé dans le rouge, cassette de Daniel Balavoine à fond les ballons et essuie-glaces à contretemps.

Quand il se gare sur le parking du premier supermarché venu, Martin découvre qu'on l'a appelé sur son portable. Il écoute. David lui a laissé un message quasi-télégraphique : « Pas de ferry ce soir, problème mécanique, on se voit demain ». Qu'à cela ne tienne, Martin va noyer son coup de blues entre le rayon surgelés et la dernière promo sur les pneus-neige. Il ressort de son bain de foule avec un sandwich au thon, un sachet de cacahuètes grillées, une bouteille d'eau minérale et une conviction : il n'empêchera pas les Salvènes d'agir. Tout plutôt qu'on touche à un cheveu de ses enfants ou de leur mère.

XXIX
Gisèle

La pluie a cessé quand Martin gare la Saab devant le bungalow. La pleine lune illumine Ouistreham, les toitures brillent dans la nuit et les vagues font entendre leur doux roulement.

Avant de s'enfermer dans son « home sweet home », Martin décide d'aller jeter un œil à la mer, à cette heure où les flots semblent plus sombres et l'écume plus blanche. Il contourne sa petite habitation, sans même s'y arrêter, puis enjambe une triste palissade aux piquets brisés. Il traverse le square sauvage, dernière étape qui mène au bord de l'eau, lorsqu'il entend :

— Alors, Johnny belle gueule, ça va pas la tête ?

Martin s'arrête, surpris par une voix féminine sortie du fond de la nuit. Il regarde sur le côté.

— Gisèle ?

— Je savais que tu passerais par ici.

Il distingue l'infirmière, assise sur un banc public planté entre deux arbres massifs qui ne bougent pas d'une feuille. Elle semble minuscule sous leur voûte.

— Gisèle, qu'est-ce que tu fais là ?

— J'ai appris pour la bagarre alors je voulais prendre de tes nouvelles.

— Eh bien, tu en sais des choses, sourit Martin en se dirigeant vers elle.

Gisèle poursuit.

— Comme j'ai aussi appris que le ferry de la nuit avait été annulé, j'ai attendu ici.

— Oui, ça ne va pas faire le bonheur de mon banquier, soupire Martin, alors j'espère que tu viens avec de bonnes nouvelles à m'annoncer.

— J'ai enquêté pour toi, souffle-t-elle.

— Et alors ?

— Assieds-toi, invite Gisèle. J'ai des choses à te dire.

Gisèle fume une cigarette. Dans la pénombre, elle ressemble un peu à Lauren Bacall pour le trench-coat bien serré à la taille, beaucoup à Linda Fiorentino pour l'épaisse chevelure noire laissée libre. Elle serre le col de son poing fermé.

Martin s'approche. Il se tient à quelques centimètres d'elle.

— Cigarette ?

Les sourcils levés, elle regarde Martin droit dans les yeux. Martin refuse poliment. Le tabac n'a jamais été son truc. Les filles, un peu plus, même si son amour pour Carole reste parfois vif. Il soutient son regard, les lueurs de la nuit mettent particulièrement en valeur le visage gracieux de Gisèle. Elle porte la cigarette du bout des lèvres. L'extrémité du cylindre rougeoie. Elle annonce, le visage soucieux :

— Demain sera une journée périlleuse.

— Pourquoi dis-tu ça ? Parce que c'est mon dernier jour au terminal portuaire ?

— Non, plutôt parce que j'ai vu les Salvènes aujourd'hui.

Martin la laisse venir en suivant des yeux la fumée qui s'évanouit dans l'air iodé. Avec le fracas des vagues en fond sonore, elle lui explique une partie de ce qu'il sait déjà. Martin écoute sans l'interrompre. Gisèle dit avoir retrouvé les Salvènes dans un endroit qu'elle a promis de ne pas divulguer. Au nom de la confiance qui les unit, ils ont accepté de lui dévoiler leurs plans.

— Demain, ils tenteront de passer en Angleterre en embarquant à bord du bateau de la nuit.

Martin reste silencieux. Ce n'est pas ce qu'il a entendu quelques heures auparavant.

— Autrement dit, exactement pendant tes heures de travail, articule lentement Gisèle, le regard pesant.

— La nuit est mon royaume, commente Martin, avec une distance feinte.

— Ça peut être dangereux, Martin, vraiment dangereux, insiste Gisèle, en se rapprochant de son interlocuteur.

— On n'est pas dans les Balkans, soupire Martin. Ici, c'est la France.

— Oui, je sais, mais j'ai peur que si les clandestins salvènes sont découverts, les choses tournent vraiment mal avec le personnel du port salvène. Leur guerre civile a laissé des traces. La haine se lit encore sur les visages quand ils évoquent ces massacres et je ne suis pas sûre que les Borovic et les migrants que je connais soient très amis.

— Je crains que non...

Gisèle reste pensive un moment. Martin regarde au loin. Il sait ce qui l'attend le lendemain. Il sera sur ses gardes. Il l'est un peu moins quand Gisèle se lève brusquement du banc. Avec souplesse, elle vient s'assoir à califourchon sur ses genoux, face à lui.

Le fixant de ses yeux pénétrants, elle passe ses doigts sur les plaies de Martin puis glisse langoureusement ses mains autour de son cou.

— Gisèle, je...

L'index posé sur ses lèvres, elle lui fait signe de se taire. Quand elle se penche vers lui, Martin sent ses cheveux longs flotter sur son visage et leur douceur l'envoûter. Avant de l'embrasser, elle susurre, d'une voix douce et chaude :

— Fais attention à toi, Martin, fais bien attention à toi... Je n'aimerais pas qu'il t'arrive quelque chose.

Les yeux plongés dans ses yeux clairs, Martin dénoue la ceinture du trench-coat de Gisèle. Il glisse ses mains sous le manteau pour découvrir qu'elle ne porte rien dessous. Il caresse sa peau douce. Elle frémit. Son sourire est panoramique. Ils ne verront pas la mer ce soir.

XXX
Martin

Quand vient l'heure de partir au travail, le vent du nord-est a débarrassé le ciel des nuages qui ont jadis fait le bonheur des impressionnistes. Le froid s'est abattu sur Ouistreham. Mais c'est plus sûrement le départ de Gisèle qui donne du vague à l'âme à Martin. Ils se sont aimés passionnément sur un banc, puis dans le bungalow, et Gisèle est partie un peu avant l'aube, sans au revoir ni adieu inutile. Elle l'a juste prié de prendre soin de lui avant de l'embrasser une dernière fois.

Sa silhouette gracile s'est évanouie dans le petit matin, le vent soulevant à l'envi son trench et dévoilant assez haut ses jambes à un Martin déjà nostalgique. En la voyant partir, il a réalisé qu'il ne savait finalement rien d'elle. Il a tenté de l'imaginer au travail, soignant ses patients, ou à la maison, lisant le dernier roman d'Yves Jacob au coin du feu ou préparant la cuisine pour son mari et ses enfants. En a-t-elle seulement ? Martin l'ignore mais il préfère chasser cette idée de son cerveau. Elle lui a dit adieu, ça voulait tout dire, non ?

Quand il arrive sur le quai, Martin regarde distraitement vers le parking où il a garé sa Saab. Elle n'y est pas ! Coup de stress avant qu'il réalise la raison de son absence : il l'a laissée devant le bungalow. Martin, une idylle et hop, tu n'as plus les yeux en face des trous, se reproche-t-il. Quoique… À défaut de suédoise antique, il note la présence d'une puissante Mercedes, dont la vitre du conducteur a été remplacée par du film plastique transparent. Coup de flip. Martin mettrait sa main à couper que deux personnes qui ne lui disent rien qui vaille somnolent contre les appuie-tête. Il ne fera pas un pas en avant pour vérifier. Il préfère s'éclipser discrètement.

Une autre voiture l'attend devant la porte des bureaux de la SPB. Impossible de la rater. C'est la luxueuse BMW série 7 de l'autre jour. La portière est ouverte. Personne à l'intérieur. Avant de filer vers le vestiaire, Martin aperçoit, derrière la fenêtre du bureau d'accueil de son employeur, un homme élégamment vêtu. Costume anthracite, coupe réglée, cravate. Le même que l'autre soir. Dragan selon toute vraisemblance.

Martin jette un œil. Si c'est lui, ce n'est plus, physiquement au moins, le seigneur de la guerre salvène qu'il avait vu sur internet. Aujourd'hui, l'homme paraît vieux. Ses cheveux noirs sont devenus poivre et sel, fins et clairsemés. Ses joues sont en voie d'affaissement et un peu couperosées. Mais la silhouette affiche la raideur d'un homme qui ne veut pas s'en laisser conter face au temps qui passe.

Martin pénètre dans le vestiaire au moment où les deux gorilles de Novak en sortent. Martin les sent plus tendus que d'habitude, c'est peu dire. Cela pourrait confirmer qu'il se trame quelque chose et, pourquoi pas, que c'est un soir de grand trafic pour les passeurs de clandestins. Martin imagine qu'ils n'ont sans doute pas envie de se faire attraper par la gendarmerie : même s'ils en ont sans doute connu d'autres, la double peine n'a jamais plu à personne. Pour l'instant, aucune présence notable des forces de l'ordre. Les trafiquants peuvent agir en paix.

Martin retrouve David dans le vestiaire. Ils échangent quelques banalités sur le temps froid qui s'abat sur le quai. David conseille à Martin de ne pas sortir sans la veste d'hiver de son uniforme.

— Crois-moi, les nuits fraîches sont les plus longues, commente-t-il.

Une fois sur le quai, Martin comprend que David dit vrai. Un bon gros manteau d'hiver, il n'y a que ça de vrai. Pour patrouiller le long des clôtures, les deux Salvènes ont, quant à eux, choisi une autre tenue. Blouson court, batte, bombe lacrymogène, chien policier la bave aux lèvres. Tenue idoine pour répression à gogo.

Comme à leur habitude, Martin et son collègue prennent en charge le trafic des camions qui montent à bord du car-ferry. Du fait de l'absence de navire la veille, le trafic est dense et la plateforme bien garnie, mais Novak n'a prévu aucun renfort, explique David, économies économies… Après quelques rotations, Martin observe que l'un des poids lourds reste obstinément à l'écart du trafic. De loin, il lui fait signe d'approcher. Le chauffeur, que Martin entraperçoit derrière le pare-brise, ne bouge pas. Martin décide d'aller vers l'engin immobile quand un des deux vigiles salvènes le rattrape en courant :

— Non, ordonne-t-il, celui-là, tu le laisses là où il est. Il montera à la fin.

Martin a l'impression que son accent est encore plus guttural que d'habitude. Il ne discute ni ne répond.

Martin part s'occuper des autres engins quand, au loin, une camionnette bâchée entre sur le quai d'embarquement et s'approche du bureau de Novak. Elle se gare derrière la berline. La porte du chauffeur s'ouvre et laisse apparaître un type, énergie à revendre et coupe militaire qui a dû avoir du succès du côté de l'opéra Kroll, à Berlin, dans les années 30. Martin ne l'a jamais vu mais son allure laisse penser que c'est un ami de la famille Borovic.

Novak sort du bureau, l'enlace sur les marches. Ils échangent quelques mots. L'inconnu montre du doigt la bâche de son engin. On le sent pressé. Il donne une mallette à Novak. Ce dernier l'ouvre et jette un œil rapide à son contenu. Il la referme, satisfait. Il tape dans le dos du nouveau venu et rejoint la BMW où il dépose la valisette. Le troisième, le plus âgé, n'apparaît pas.

Martin a le regard happé par ces hommes qu'il n'a guère envie d'approcher. En changeant de point de vue, il parvient à voir le mystérieux sexagénaire en costume. Il affiche un visage froid, cireux. Il a les joues creusées et des yeux animés d'une lueur fixe, glaçante.

Du coin de l'œil, Martin essaie de surveiller leurs agissements. Il en manquerait presque les ombres qui se faufilent derrière les camions. Il jurerait que ce sont les Salvènes en route pour leur mauvais coup. Martin a un frisson en les voyant progresser vers les bureaux de la SPB.

Faisant comme si de rien n'était, il invite un routier à faire avancer son semi-remorque vers le quai d'embarquement. Le type enclenche la première et progresse doucement. Martin, la main ouverte, lui fait signe d'approcher lorsqu'il se fige soudainement, le bras cassé en deux, la paume ouverte, bouche bée. Le mouvement du camion a élargi le champ de vision de Martin. Caché par les roues, il voit qu'un corps humain et un chien gisent au sol. En une fraction de seconde, Martin l'a identifié. C'est le plus grand des vigiles de Dragan. À la lueur rouge des feux arrière, on distingue deux auréoles sombres autour de leurs têtes, sur le bitume. Martin n'en croit pas ses yeux. Les Salvènes sont déjà passés à l'action. Au fond de lui, il espérait secrètement qu'ils renonceraient. Mais non et Martin se retrouve au cœur du drame. Il craignait le pire et le pire s'est déjà produit pour l'un des gardes du corps.

Martin sent de grosses gouttes couler le long de sa colonne vertébrale. Il regarde dans la direction opposée. Entre ombre et lumière, le funeste trio poursuit sa progression de l'intérieur, sans doute le meilleur moyen pour piéger Dragan. Martin les voit avancer, passant d'un camion à l'autre.

Dans son dos, il sent une présence avant d'entendre des bruits de pas. Martin se retourne. Il découvre l'autre vigile de Novak qui fonce silencieusement, mâchoires serrées, dans la direction des trois Salvènes. Martin est stupéfait. Il n'a plus sa batte à la main, mais un couteau à longue lame, une arme crantée qui a dû faire des ravages dans les Balkans au siècle précédent. Martin n'en avait jamais vu de pareil. Son regard est braqué sur les trois Salvènes. *A priori*, ils n'ont pas conscience du danger qui se profile. Martin est effrayé par la froide détermination qu'il lit dans son regard. Il hésite sur la conduite à tenir mais au moment où le crâne rasé passe à côté de lui, sa décision est prise : il tend le pied. L'autre part en vol plané mais au lieu de s'écrouler lourdement sur le sol, il effectue une sorte de roulade et se rétablit en souplesse, comme un félin déjà prêt à bondir sur Martin. Dans ses yeux, se lit un mélange de haine et d'amusement. Martin voit son couteau briller dans la nuit. L'homme lève son arme et fonce vers lui. Martin sent sa lèvre inférieure prise d'un tremblement incontrôlable. Il regrette déjà son acte de bravoure inconsidéré, surtout qu'il n'a rien pour se défendre, hormis sa lampe torche qui peut servir de matraque mais qui ne fera guère le poids face à un couteau bien manié. Il est paralysé. Ses jambes flanchent. Mais il n'a plus le choix, il doit faire face au danger. Bien calé sur ses pieds, il tient la lampe dans sa main en un geste de défense dérisoire. Le regard du Salvène n'exprime rien d'autre qu'une envie d'en finir. Alors qu'ils ne sont qu'à trois mètres l'un de l'autre, un coup de feu claque dans la nuit, écrasant tous les autres bruits. Le vigile ralentit, ses jambes fléchissent en tournant sur elles-mêmes. Son regard est fixe, légèrement troublé. Une tache brillante apparaît sur son côté. Le type s'écroule. Martin regarde autour de lui et voit Igor loin derrière lui, les yeux toujours aussi perçants, le pouce levé, tout sourire. Il n'y aura pas de coup de semonce.

Dès lors, tout s'accélère. Comme si la détonation avait signifié le coup d'envoi d'une rencontre sanguinaire dont tout le monde ne sortira pas vivant. Novak rejoint précipitamment l'homme resté dans le bureau en criant une phrase que Martin ne comprend pas hormis deux syllabes. Papa. Autrement dit Dragan. Les Salvènes avaient raison !

Novak et le chauffeur de la camionnette ne sont même pas encore entrés dans ses locaux que Dragan brise un carreau à l'aide d'une arme au poing. Il se poste, accroupi derrière la fenêtre. Dès que Novak a pénétré dans les bureaux de la SPB, il donne un ordre et toutes les lumières s'éteignent simultanément. Des cris fusent de part et d'autre. Martin entend le mot « *Out !* ».

La camionnette semble bouger toute seule, comme prise de tremblements. Après quelques secondes, les portes arrière s'ouvrent en grand. Deux douzaines de clandestins sortent, apeurés, dans le plus grand désordre. Ils se bousculent et crient avant de se perdre dans le noir, le plus loin possible du bureau de Novak.

Quelques coups de feu claquent. Une vitre explose. Martin se jette à couvert. Il voit Igor tirer puis changer de place, puis tirer encore. Serait-il seul désormais ? se demande Martin. La réponse arrive très vite. Martin aperçoit une petite flamme illuminer la nuit à deux pas du bureau. Tarek jette une bouteille à l'embout enflammé à travers la fenêtre. Le local prend feu. Très vite, un cri déchirant se fait entendre et une torche humaine sort du bureau. Martin reconnaît le chauffeur du camion. Il pivote sur lui-même, sur les marches extérieures, quand deux balles le cueillent net. Il s'écroule au pied de son engin qui tourne toujours au ralenti. Au même moment, un autre cocktail Molotov vient s'écraser sur son bloc moteur qui se transforme très vite en brasier géant.

Le piège s'est refermé sur Novak et Dragan, se dit Martin, ils vont devoir sortir. Leur dernier espoir est la BMW garée devant le bureau de la SPB, pour l'instant épargnée par les flammes.

Martin ne s'est pas trompé : Novak, le plus jeune et le plus rapide, sort en courant, il contourne la berline allemande pour s'installer à la place du conducteur alors que, devant l'entrée de ses bureaux, son père est apparu et le couvre en tirant à tout-va à l'aide d'un fusil automatique sorti d'on ne sait où. Il ressemble à tout sauf à un novice en matière de lutte armée. Il semble imperturbable, comme habité d'une mission.

La riposte est faible mais précise. Le pare-brise de la BM de Dragan explose sous l'impact d'une balle. Des mots sont échangés en salvène. Martin entend Novak répondre « O.K., O.K. ! » à son père. Il s'inquiétait sans doute de savoir s'il avait été touché. Dragan reprend son tir dans le noir.

Novak pousse à fond la pédale d'accélérateur et effectue un demi-tour brutal, autour de la camionnette en flammes. Son père quitte son poste de tir et court des bureaux à la voiture quand une balle lui déchire le mollet. Dragan met un genou à terre. Il tente de se relever en utilisant son arme comme béquille, mais sa jambe ne le soutient plus. Il regarde autour de lui lorsqu'une deuxième balle le touche au bras. Il lâche son fusil automatique alors que Novak se gare devant les trois marches du bureau. Quand il ouvre la portière de la voiture, trois balles brisent la vitre. Novak a un mouvement de recul. Son père hurle quelque chose. Novak tente une sortie mais une fois encore, son père est touché. Une balle dans la jambe, une autre dans le bras, une troisième dans le flanc. Dragan tombe vers l'avant. Novak hurle de douleur. Son père répond par des mots que Martin ne comprend pas mais le ton employé ne laisse place à aucune ambiguïté. Novak démarre en trombe. Un troisième cocktail Molotov rebondit sur le montant du pare-brise mais n'empêche pas la BMW de filer vers l'extérieur. Elle part en zigzag, sort de l'enceinte à tombeau ouvert, force la barrière de sécurité mais finit sa course contre le premier lampadaire du parking. Personne n'en sort.

Martin se met debout. Il marche, le regard absorbé par Dragan. L'ancien chef de guerre se tient à genoux au bas des marches. Un bras ceinture son ventre, l'autre, tremblant, tente de reprendre possession de l'arme qu'il avait lâchée. À mesure que Martin avance, il voit une, deux, trois puis quatre silhouettes sortir du néant pour s'approcher de la SPB. Tarek, Slobodan, Igor, Azem.

Martin les voit attraper Dragan et l'éloigner du bureau en flammes. Igor le tient en joue, le pistolet contre la tempe. Azem lui demande d'attendre. Il sort un long couteau de son ciré usé. Il prend la main de Dragan et la pose à plat sur le sol malgré la résistance de l'ancien chef de guerre. Pendant quelques secondes, ils se regardent les yeux dans les yeux, puis Azem transperce la main de Dragan à l'aide de sa lame. Le geste a été aussi brutal que silencieux. Dragan se retient de pousser un cri de douleur mais d'où il est, Martin voit sa nuque se raidir sous l'effet de la douleur. Il ne dit rien non plus quand Azem lui donne un grand coup de pied dans le thorax. Igor lui en assène un autre, encore plus violent, en pleine face. Dragan crache du sang et des insultes dans leur direction. Azem siffle quelque chose entre ses dents, des mots que Martin ne peut entendre. La fin est prévisible. Elle est signée Igor qui, sans broncher, pointe son canon sur le milieu du front de Dragan et appuie sans hésiter sur la détente. Le projectile se perd dans la nuit après avoir fait exploser la tête de Dragan. Un mélange de sang et de cervelle éclabousse Tarek et Slobodan, restés à proximité. Martin entend Azem pousser un cri guttural et rire très fort. À moins qu'il pleure...

Ses compères lui passent la main dans le dos, comme à un ami qu'on voudrait consoler d'avoir perdu un être cher. Puis, à la grande surprise de Martin, ils courent illico vers le parking des camions. Martin ne se demande pas pourquoi très longtemps. Au loin, les sirènes de la gendarmerie rugissent déjà. Martin regarde Dragan et découvre ce qui était un visage mais qui n'est plus qu'une bouillie de chair et de sang. Le chef de meute tant redouté a payé une deuxième fois ses abominations guerrières.

Dans toute cette barbarie, Martin a oublié Novak. Il réalise qu'à défaut d'avoir pu empêcher la mort de Dragan et de ses sbires, il peut peut-être sauver le fils, qui aura sans doute des choses très intéressantes à raconter aux autorités. Il court vers le parking où sa BMW s'est écrasée contre un lampadaire. Le spectacle qui l'attend le fige sur place. Non seulement Novak n'est plus à la place du chauffeur, mais son corps a été étendu contre une barrière, les bras en croix, un couteau planté en plein cœur. Martin retourne vers la berline : la mallette a disparu et il n'y a personne alentour.

Martin ne comprend rien. Les quatre Salvènes ne peuvent pas être les auteurs de ce méfait. Ils étaient trop occupés avec Dragan. Il les a même vus prendre la direction opposée au parking après avoir exécuté le responsable de leurs pires cauchemars. Avaient-ils des alliés cachés ?

Les premières voitures des forces de l'ordre arrivent. Le personnel de la gare maritime sort de sa cache.

Martin, hagard, répond aux premières questions d'un jeune lieutenant tout en continuant de s'interroger sur ce qui s'est passé. Le gendarme remercie Martin de sa collaboration et l'invite à revenir au siège de la brigade le lendemain. Avant de partir, Martin est happé une dernière fois par l'affreux tableau qui s'offre à lui. Novak suspendu, dans une position à la fois bestiale et christique, et ce sang qui coule de son cœur jusqu'à ses pieds. Martin regarde machinalement les gouttes tomber. Elles imprègnent les vêtements de Novak et viennent s'écraser silencieusement sur le gazon où repose un mégot de Gitane. Martin n'en revient pas. À Ouistreham, il n'a vu personne fumer cette marque, sauf… Le Petit Tonio. Il se tourne vers l'emplacement où il avait vu leur Mercedes, un peu plus tôt dans la journée. Personne. Ça ne peut être qu'eux. Ils devaient être là, en embuscade.

Martin, défait, s'éloigne du parking qui est débarrassé de ses camions, y compris celui qui ne bougeait pas. Une grande confusion règne dans son esprit. Il marche comme un robot vers les vestiaires où il doit récupérer ses affaires personnelles. Il a vu la mort de près. Il a vu renaître une guerre qu'il croyait oubliée. Il n'a plus d'emploi ni de patron. Il entre dans le vestiaire, prend ses vêtements, les roule en boule dans un sac et ressort une seconde plus tard. À peine est-il à l'extérieur qu'il est hélé par son collègue. David le rejoint en petites foulées, il affiche un surprenant sourire quand il lui tape sur l'épaule.

— Tu étais où ? s'étonne Martin, soulagé de le retrouver entier.

— Caché, comme tout le monde. Je ne suis pas un téméraire, moi.

Martin le regarde. Il a un air enjoué. Presque rigolard.

— On a failli mourir et tu trouves ça drôle ?

David ne répond pas. Il glisse la main dans sa poche.

— Tiens, j'ai un truc pour toi.

Martin tend la main. David lui confie un document dont Martin ne voit que le verso. Il le retourne. C'est la photo de sa fratrie.

— Où as-tu eu ça ? demande-t-il, incrédule.

— C'est de la part de tes copains.

— Mes copains ?

— Oui, quatre pouilleux qui semblent bien te connaître.

Martin lui demande s'il sait où ils sont. David opine du chef.

— Ils sont repartis vers Ouistreham ?

David ne répond rien et se contente de porter son regard vers le large. Martin demande, sans y croire :

— Ils sont montés dans le car-ferry ?

David rigole franchement et ouvre discrètement sa veste de travail. De la poche dépasse une liasse de billets de banque.

Une fois qu'ils sont hors de portée de voix des gendarmes très affairés à procéder aux constatations d'usage, David glisse à Martin :

— Un monstre est mort, tes copains seront en Angleterre dans quelques heures, j'ai un peu d'argent pour voir venir la période de chômage qui s'annonce, il y a une justice. Viens, je te paie un verre.

Remerciements

Thomas Belhom, Servane Biguais, Dany Branchereau, Marion Chemin, Hervé Chirault, Laurent Fernagut, David Fiant, Meriem Gabou, Marcel Guillerot, Antoine de Kerverseau, Agathe et Suzanne Levavasseur, Jean-Luc Manet, Gilles Perrault et son épouse Thérèse, Jean-Bernard Pouy, Frédéric Prilleux, Haydée Sabéran (pour *Ceux qui passent*, éditions Carnets Nord/ Montparnasse), Viva Yazon.

Ce roman a paru sous le titre *Une Manche perdue* en 2016, aux éditions Orep. *Terminal mortuaire* est une nouvelle édition revue et augmentée.

Image de couverture : © Adobe Stock / Paul Bradbury/KOTO

Éditions **OUEST-FRANCE**
Rennes

Éditeur Hervé Chirault
Coordination éditoriale Isabelle Rousseau
Conception graphique et mise en page
Studio graphique des Éditions Ouest-France
Mise en page Cécile Gibbes
Impression Sepec Numérique, Péronnas (01)

ISBN : 978-2-7373-8530-8
Dépôt légal : juin 2021
N° d'éditeur : 10625.01.2,3.06.21

Imprimé en France
editions.ouest-france.fr

PEFC™
10-31-3532
Certifié PEFC
Ce produit est issu de forêts gérées durablement et de sources contrôlées
www.pefc-france.org